Fabian Lenk

Agent der 1000 Gefahren

In der Reihe „1000 Gefahren“ sind erschienen:

RTB 52340 · Edward Packard, *Die Insel der 1000 Gefahren*
RTB 52343 · Edward Packard, *1000 Gefahren zur Geisterstunde*
RTB 52344 · R. A. Montgomery, *Der Urwald der 1000 Gefahren*
RTB 52345 · Fabian Lenk, *Das Meer der 1000 Gefahren*
RTB 52346 · Fabian Lenk, *Die Pyramide der 1000 Gefahren*
RTB 52361 · Fabian Lenk, *Das Fußballspiel der 1000 Gefahren*
RTB 52363 · Fabian Lenk, *Die Wüste der 1000 Gefahren*
RTB 52366 · Edward Packard, *1000 Gefahren im Weltall*
RTB 52396 · Fabian Lenk, *1000 Gefahren auf dem Piratenschiff*
RTB 52397 · Edward Packard, *1000 Gefahren im Strafraum*
RTB 52407 · Fabian Lenk, *1000 Gefahren im Gruselschloss*
RTB 52408 · Frank Stieper, *1000 Gefahren – Angriff der Roboterspinnen*
RTB 52426 · Frank Stieper, *Das Labor der 1000 Gefahren*
RTB 52437 · Frank Stieper, *1000 Gefahren im Internet*
RTB 52463 · Fabian Lenk, *1000 Gefahren in der Drachenhöhle*
RTB 52474 · Fabian Lenk, *1000 Gefahren bei den Rittern der Tafelrunde*
RTB 52475 · Edward Packard, *1000 Gefahren am Katastrophentag*
RTB 52498 · Fabian Lenk, *1000 Gefahren im alten Rom*
RTB 52501 · Fabian Lenk, *1000 Gefahren im Reich des Pharao*
RTB 52516 · Fabian Lenk, *1000 Gefahren im Fußballstadion*
RTB 52526 · Fabian Lenk, *1000 Gefahren bei den Dinosauriern*
RTB 52541 · Fabian Lenk, *1000 Gefahren bei den Indianern*
RTB 52542 · Fabian Lenk, *1000 Gefahren im Reich des Maharadschas*
RTB 52549 · Fabian Lenk, *Das Handy der 1000 Gefahren*
RTB 52550 · Fabian Lenk, *Die Safari der 1000 Gefahren*
RTB 52555 · Fabian Lenk, *Agent der 1000 Gefahren*
RTB 52556 · Fabian Lenk, *1000 Gefahren in den USA*

Fabian Lenk

1000 GEFAHREN
DU ENTSCHEIDEST SELBST!

Agent der 1000 Gefahren

Mit Illustrationen
von Rolf Bunse

Ravensburger Buchverlag

MIX
Aus verantwortungsvollen Quellen
FSC® C114500
www.fsc.org

Als Ravensburger Taschenbuch
Band 52555
erschienen 2016

Coverillustration: Stefani Kampmann

Printed in Germany

1 2 3 4 D C B A

ISBN 978-3-473-52555-3

www.ravensburger.de

PARIS
ROM
SHANGHAI

Warnung!

Lies dieses Buch nicht in einem Zug von vorne bis hinten durch. Es enthält verschiedene Abenteuer, die du als junger Agent erleben kannst. Oft darfst du beim Lesen zwischen mehreren Möglichkeiten wählen. Wenn du dich für einen Weg entschieden hast, dann folge den Anweisungen, um herauszufinden, was als Nächstes passiert.
Aber Vorsicht! Das Leben eines Agenten birgt viele Gefahren. Bei deinen Einsätzen in Paris, Rom, Shanghai oder deiner eigenen Heimat wirst du auf eiskalte Gegner treffen. Ein falsches Wort oder ein falscher Schritt und du bist erledigt.

Viel Glück!

Dein Zuhause ist K.R.Y.P.T., ein streng geheimes Ausbildungszentrum für junge Agenten.
Es liegt verborgen in einem Waldgebiet. Nur ein einziger Weg führt dorthin. Wer reinwill, muss an zwei Wachtürmen und zehn bis an die Zähne bewaffneten Männern vorbei. Rundherum verläuft ein vier Meter hoher Zaun, der unter Strom steht. Überall sind Kameras.
K.R.Y.P.T. ist wie eine Festung gesichert. Hinein kommt man nur über einen Fingerabdruckscanner. Innen gibt es zwei Hubschrauberlandeplätze, Garagen für verschiedene Spezialfahrzeuge vom Ferrari bis zum Schützenpanzer, eine gewaltige Waffenkammer, Sporthallen und die Unterkünfte samt Kantine.
Du wurdest hier fünf harte Jahre lang gedrillt. Du hast gelernt, Schmerzen zu ertragen, und bist unzählige Male an deine Grenzen gegangen – und darüber hinaus.
Deine Ausbilder haben dich gelehrt, Gefahren richtig einzuschätzen, immer cool zu bleiben und deinen Gegnern stets einen Schritt voraus zu sein.
Du bist kälter als Eis.
Härter als Stahl.
Schneller als dein eigener Schatten.

Lies weiter auf Seite 56

8

Du gehst in Bestons Büro und gestehst kleinlaut, was geschehen ist.
Beston sieht aus, als würde er dich am liebsten in der Luft zerreißen. „Wir können uns keine Agenten leisten, die sich von irgendwelchen Gangstern lächerlich machen lassen. Eigentlich müsste ich Sie feuern, Carter …“
Bitte nicht!, flehst du in Gedanken.
„Andererseits haben Sie während Ihrer Ausbildung einen guten Eindruck gemacht. Einen sehr guten. Deshalb bekommen Sie noch eine Chance und werden zwei Dinge tun.“
„Einverstanden!“, sagst du schnell. „Ganz gleich, was es ist.“
„Zuerst werden Sie dieses Handy zerstören“, sagt Beston. „Dann werden Sie zu einem anderen Fall abkommandiert. Suchen und finden Sie diesen Forscher und die Formel für den Supertreibstoff. Ich hoffe, Sie nutzen Ihre Chance!“

Lies weiter auf Seite 62

Sofort springt ihr alle auf.
„Guten Morgen“, knurrt Beston und baut sich hinter seinem Pult auf. Er ist über zwei Meter groß, breitschultrig und hat eine Glatze. Wie alle Männer hier trägt er einen grauen Anzug. Unter dem Sakko ist eine Pistole verborgen.
„Setzen!“, lautet das nächste Kommando, und ihr gehorcht.
Beston schaut euch der Reihe nach an.
„Sie alle haben die Abschlussprüfung bestanden“, sagt er. „Daher werden Sie glauben, dass Sie gute Agenten sind ...“
Vereinzeltes Nicken.
Beston schnauft verächtlich. „Irrtum. Sie sind so lange nichts, bis Sie Ihren ersten Auftrag zu unserer Zufriedenheit gelöst haben“, stellt er klar. „Einige von Ihnen werden noch heute K.R.Y.P.T. in geheimer Mission verlassen. Aber wir brauchen auch einige von Ihnen hier.“
„Wieso denn das?“, wagst du zu fragen.
„Weil wir einen Hinweis bekommen haben. Jemand aus unseren Reihen scheint ein Doppelagent zu sein. Im Auftrag einer fremden Macht soll er K.R.Y.P.T. zerstören. Wir müssen diesen Agenten schnellstmöglich enttarnen. Also, wer von Ihnen will dabei mithelfen?“

Wenn du dich dafür meldest,
lies weiter auf Seite **108**

Wenn du K.R.Y.P.T.
in geheimer Mission verlassen möchtest,
lies weiter auf Seite **11**

Das gewaltige Schiff kann 20.000 Container aufnehmen und natürlich könnt ihr sie nicht alle einzeln durchsuchen. Außerdem sind sie verplombt.

Also schleicht ihr zum Büro des Frachtmeisters, knackt die Tür und loggt euch auf seinem Computer ein.
„Immerhin wissen wir, dass die heiße Ware aus Tokio stammt", sagt Li Zhu, während ihre Finger über die Tastatur fliegen.
Endlose Listen mit Zahlenkolonnen tauchen auf.
„Da!", stößt Li Zhu hervor und deutet auf eine bestimmte Stelle auf dem Bildschirm. „Das könnte unser Container sein. Dann lass uns mal die Plombe knacken und …"
In dieser Sekunde fliegt die Tür hinter euch auf und zwei Bewaffnete überwältigen euch.
„Ihr miesen Schnüffler!", werdet ihr angeraunzt. „Der Raum ist alarmgesichert."
Dann werdet ihr in einen düsteren Container gesperrt, aus dem es kein Entkommen gibt.

Ende

„Wie Sie wissen, operieren wir weltweit", sagt Beston und drückt einen Knopf. Das Licht wird gedimmt, gleichzeitig erscheint eine Weltkarte auf einem riesigen Bildschirm.
Euer Ausbilder zeigt mit dem Laserpointer auf drei bestimmte Punkte: Paris, Rom und Shanghai.
„Das sind Ihre möglichen Einsatzgebiete. In Paris verliert sich die Spur von Tätern, die einem Wissenschaftler unserer Regierung die Formel für einen Supertreibstoff gestohlen haben", erklärt der Ausbilder.
„Aber der Wissenschaftler wird die Formel doch kennen", wirfst du ein. „Und kann sie trotz des Diebstahls verwenden."
Beston knurrt unwillig. „Der Mann ist spurlos verschwunden. Die Täter haben ihn entführt."
Er macht eine kurze Pause, dann fährt er fort: „In Rom werden wir einen von Ihnen in eine extrem gefährliche Gruppe von jungen Kriminellen einschleusen – als Maulwurf. Die Aufgabe dieses Agenten wird es sein, die Gruppe zu zerschlagen. Und in Shanghai haben wir es mit Drogenschmugglern zu tun. Auf einem Schiff sollen mehrere Tonnen Kokain transportiert werden."

Wenn du nach Paris willst,
lies weiter auf Seite 62

Wenn du die Jugendbande
zerschlagen möchtest,
lies weiter auf Seite 72

Wenn du dich mit den
Drogenhändlern anlegst,
lies weiter auf Seite 99

12

Schließlich erreicht das gepanzerte Fahrzeug eine abgelegene Hütte in den Bergen.
Du wartest, bis Leon und die beiden Typen darin verschwunden sind. Dann rufst du Luc Beston an und informierst ihn.
„Gut gemacht. Aber Sie warten, bis wir da sind. Keine Alleingänge!“, schärft er dir ein.
Von wegen. Sobald das Gespräch beendet ist, greifst du an. Du schleichst zum Fenster, schlägst es ein und wirfst eine Blendgranate in den Raum, in dem sich deine Feinde befinden.
Sekunden später springst du hinterher, rammst dem verdutzten Leon die Faust unters Kinn und schlägst auch die beiden anderen Schurken nieder. Du bist ganz in deinem Element!

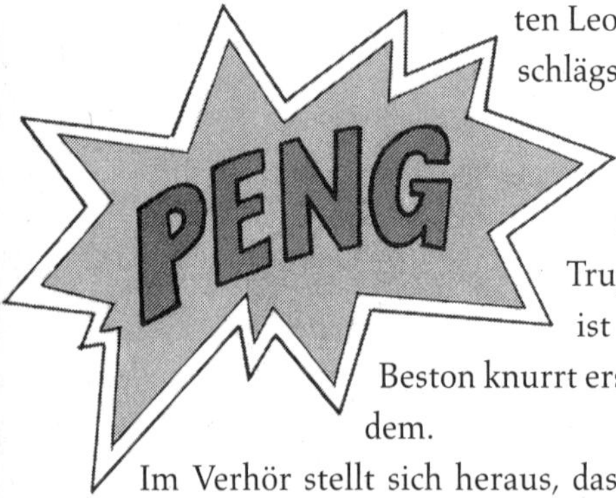

Als Luc Beston mit einem Trupp Spezialagenten anrückt, ist der Job längst erledigt.
Beston knurrt erst, lobt dich dann aber trotzdem.
Im Verhör stellt sich heraus, dass Leon sich entführen ließ, damit die Täter an seine Fingerabdrücke kommen konnten, um den Fingerabdruckscanner in K.R.Y.P.T. zu überlisten. Auf Leon, der tatsächlich ein Doppelagent ist, sollte kein Verdacht fallen. Daher wurde er entführt. Er sollte als Opfer dastehen und nicht als Komplize.

Ende

Du stehst im Rechenzentrum von K.R.Y.P.T. vor einer Wand von Monitoren.

Dr. Seeber, ein junger Computerprofi mit Brille und Dreitagebart, saugt die Backen nach innen und tippt auf einen der Bildschirme. Er ist ein guter Freund von dir.

„Hier siehst du das Protokoll der Attacken. In den letzten Stunden hat man bereits viermal versucht, in unser Rechensystem einzudringen. Zweimal mit einer absolut bösartigen Malware, um unsere Software lahmzulegen, und zweimal mit einer Spyware, um unsere Aktivitäten heimlich verfolgen zu können. Verstehst du?"

Du nickst. Mit einer solchen Spyware kann man andere Rechner ausspähen.

„Wie gut, dass unsere Abwehrprogramme die besten auf dem Markt sind", sagt Dr. Seeber und lächelt. „Die haben wir selbst entwickelt. Uns kann niemand etwas anhaben. Dennoch würden wir gerne wissen, wer hinter den Attacken steckt."

In diesem Augenblick wird der Bildschirm schwarz.

„Was ist denn das?", staunt Dr. Seeber.

Der Monitor flackert, dann erscheint dort eine blutrote Fratze mit Hörnern. Jetzt beginnt das abscheuliche Wesen zu sprechen.

Wenn du versuchst, die Szene zu filmen, lies weiter auf Seite 107

Wenn du lieber nur zuschaust und zuhörst, lies weiter auf Seite 20

Charles dirigiert dich aus seinem Büro. Du darfst die Arme runternehmen, aber die Pistole ist nach wie vor auf dich gerichtet. Charles hat sein Sakko so über den rechten Arm gelegt, dass man die Waffe nicht sehen kann.
Mit einem Aufzug fahrt ihr zur Tiefgarage.
„Da rein!", lautet das nächste Kommando. Dein Entführer deutet auf einen französischen Kleinwagen. „Du fährst. Ich bin hinter dir auf der Rückbank und sage dir, wo es langgeht."
Du gehorchst. Eine halbe Stunde später nähert ihr euch dem ziemlich heruntergekommenen Pariser Vorort Clichy-sous-Bois. Wird hier irgendwo Professor Droste festgehalten?
Mist!, denkst du. Wenn du erst mal dort bist, wird man dich vermutlich auch einsperren. Du musst dir etwas einfallen lassen. Fieberhaft denkst du nach.
Als du auf eine rote Ampel zufährst, kommt dir plötzlich eine Idee. Statt abzubremsen, gibst du Gas.
„Was machst du da, bist du verrückt?", schreit Charles.
Du jagst das kleine Auto über die rote Ampel. Von rechts rast ein Lieferwagen heran. Du lässt dich aus dem Fahrzeug fallen und rollst dich auf dem harten Asphalt ab. Einen Wimpernschlag später kracht der Lieferwagen in Charles' Auto. Bei dem Crash wird Charles leicht verletzt und du kannst ihn ohne Weiteres überwältigen. Er verrät, wo Droste gefangen gehalten wird.
Dank dir wird der Forscher befreit. Glückwunsch!

Ende

Du schaust nach rechts und links auf die Strecke.
Deine Nackenhaare stellen sich auf. Gestalten huschen auf den Zug zu. Im Mondlicht erkennst du, dass sie Gewehre tragen. Verflucht, das sieht nach einem Überfall aus! Vermutlich haben die Kerle den Zug irgendwie gestoppt und wollen jetzt den General entführen.
Es ist deine Aufgabe, das zu verhindern!

Wenn du auf die Gangster feuerst,
lies weiter auf Seite **93**

Wenn du lieber in einen der
Geschütztürme kletterst,
lies weiter auf Seite **23**

Es hat keinen Sinn, du streckst die Waffen. Kleinlaut rufst du in der Zentrale an und erzählst alles.
Luc Beston ist ziemlich sauer auf dich und Dr. Seeber. Ab sofort übernimmt er die Verhandlungen mit dem Erpresser.
Und Luc Beston macht den Job viel besser als du. Er besorgt tatsächlich die zehn Millionen und bringt sie höchstpersönlich zu dem Hacker.
Der maskierte Kerl verschwindet mit dem Geld.
Was er nicht ahnt: Im Koffer mit der Kohle ist ein Peilsender versteckt. Der führt ein Spezialeinsatzkommando auf seine Fährte.
Die Profis brauchen keine zwei Minuten, um den Erpresser zu überwältigen und das Geld sicherzustellen.
Tja, so macht man das!

Ende

„Meinst du wirklich, dass das etwas bringt?“, fragt Leon dich, während ihr die Gegend südlich von K.R.Y.P.T. absucht.
„Stell dir vor, wir finden etwas, was dieser arrogante Schnösel übersehen hat“, erwiderst du und heftest deinen Blick auf den Boden.
Die Täter haben zwar Schuhe ohne Profil verwendet. Dennoch sind ihre Abdrücke ganz schwach zu sehen. Wie gut, dass es in der vergangenen Nacht geregnet hat …
Du machst ein paar Fotos und vermisst die Abdrücke.
Die Spur führt tiefer in den Wald hinein und verliert sich schließlich zwischen den Büschen und Bäumen.
„Ich sag doch, das bringt nichts“, mault Leon.
Plötzlich vernimmst du ein Knacken. Ist da jemand auf einen Ast getreten? Du gibst Leon ein Zeichen und verschwindest hinter einem Baumstamm.
Wieder ein Knacken. Du versuchst, es zu orten. Es kam von rechts …
Wow, was ist denn das? Deine Augen werden schmal. Steht da hinter der Buschgruppe ein Fahrzeug?

Wenn du nachsiehst,
lies weiter auf Seite **90**

Wenn du lieber Alarm schlägst,
lies weiter auf Seite **29**

Du redest auf Nightmare ein, um ihn abzulenken.
Gleichzeitig wandert deine rechte Hand am Sitz herunter und findet den Hebel, mit dem man die Rückenlehne verstellen kann. Du ziehst ihn nach oben und lehnst dich ruckartig zurück. Die Kopfstütze schlägt in das Gesicht von Nightmare und drückt auch seinen Arm mit der Pistole nach oben.
Ein Schuss kracht, aber die Kugel fliegt durch die Scheibe.
Du drehst dich blitzschnell um und schlägst dem Kerl die Waffe aus der Hand. Der nächste Schlag trifft sein Kinn. Nightmare versinkt in Tiefschlaf.
Sehr gut!
Du verschnürst den Kerl und alarmierst deine Kollegen.
Später wird der Erpresser von Luc Beston in deiner Gegenwart verhört. Natürlich versucht der Mistkerl, dich anzuschwärzen. Er erzählt, dass du dich wie ein Anfänger benommen hättest, als du den kleinen Film gedreht hast.
Doch du sagst einfach, dass das alles Teil deines klugen Plans war! Beston glaubt dir.
Nightmare, der im Auftrag einer fremden Macht handelte, landet für immer im Gefängnis.

Ende

Stufe für Stufe steigst du in die Finsternis hinab. Die Blutflecken werden immer größer, doch du hast Nerven aus Stahl. Auch, als ein paar Ratten auftauchen und lange, eklige Würmer. Nicht einmal die große Spinne, die sich von der Decke in deinen Kragen fallen lässt, weil es dort schön warm ist, bringt dich aus der Ruhe.

Die Blutspur führt zu einem Raum mit einer Liege und einem Verbandskasten. Du vermutest, dass sich einer der Täter beim Parkour oder einem der Einbrüche verletzte und hier verarztet wurde.

Es folgen weitere Räume, von denen nur einer verschlossen ist. Er weckt dein Interesse. Mühelos knackst du das Schloss und siehst dich im Raum um. Du staunst nicht schlecht: Er ist bis zur Decke mit Computern, Bildschirmen, Kameras und Laptops vollgestellt. Vermutlich ist das alles Diebesware.

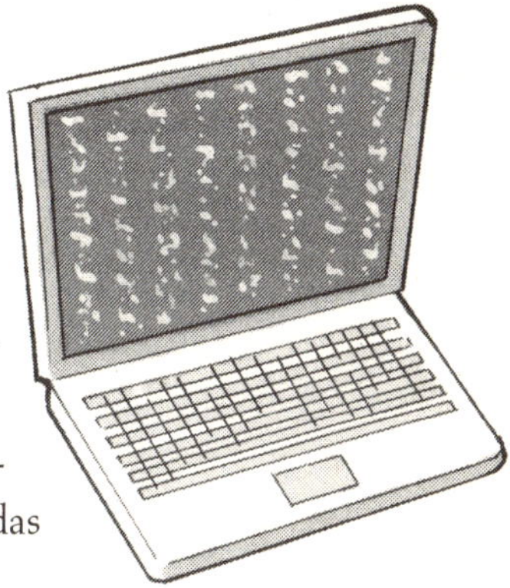

Du durchsuchst die Sachen und findest schließlich auch den Laptop mit der Decodier-Software. Treffer!

Mit der Beute machst du dich aus dem Staub und reist zurück zu deinem Hauptquartier. Und natürlich gibst du auch der römischen Polizei einen heißen Tipp …

Ende

Der Typ will euch erpressen. Angeblich gehört er zu einer Hackergruppe namens Nightmare. Die Hacker verlangen zehn Millionen Dollar. Wenn ihr nicht bereit seid zu zahlen, werden sie euer Rechenzentrum lahmlegen und eure Agenten enttarnen. Ihr habt eine Stunde Bedenkzeit.

Dr. Seeber ist kreidebleich geworden. Er zittert am ganzen Leib. Nie hätte es dein Freund für möglich gehalten, dass eine fremde Macht in euer System eindringen könnte.

„Wir müssen sofort die Regierung einschalten“, seufzt er. „Das wird mich den Job kosten. Denn es ist meine Aufgabe, solche Cyberattacken zu verhindern. Ich bin erledigt.“

Wenn du bei der Regierung ein gutes Wort für Dr. Seeber einlegen willst, lies weiter auf Seite 34

Wenn du dir etwas anderes einfallen lässt, lies weiter auf Seite 83

Heimlich drückst du die Aufnahmetaste deines Handys und zeichnest das Gespräch auf. Eine halbe Stunde plauderst du noch mit Frau Droste und sammelst weitere Informationen über die Verdächtige. Sie steckt also mit großer Wahrscheinlichkeit selbst hinter der Entführung. Aber warum?

Schließlich konfrontierst du sie direkt mit deinem Verdacht. Da bricht die Frau zusammen und beginnt zu erzählen, was für ein schlechter Ehemann der Forscher doch gewesen sei.

„Er will mich wegen einer jüngeren Frau verlassen und mich vor die Tür setzen", jammert sie.

„Aber das ist doch kein Grund, ihn entführen zu lassen!"

Sie beginnt zu schluchzen und sagt unvermittelt: „Oh, ich vergaß, Ihnen etwas zu trinken anzubieten. Wollen Sie eine Tasse Tee?"

„Sehr gerne", erwiderst du.

Kurz darauf kehrt sie mit zwei Tassen zurück.

Der Tee schmeckt wirklich sehr gut – aber warum wirst du plötzlich so müde?

Du schaust zu Frau Droste. Sie lächelt eiskalt.

Oh nein, denkst du, sie hat mich vergiftet!

Dann kippst du wie in Zeitlupe um.

Ende

Noch am selben Tag landest du auf dem riesigen Flughafen, auf dem jährlich 62 Millionen Passagiere gezählt werden.
Du hast einen Termin mit dem Sicherheitschef des Airports.
„Ich will die Kameraaufnahmen der Taxistände vor dem Terminal 1 sehen", kommst du gleich zur Sache.
Ein Mann namens Charles überlässt dir das Material.
Du lässt die Aufnahme laufen. Passagiere kommen, die Taxis füllen sich, fahren weg.
Plötzlich entdeckst du Droste. Doch er ist nicht allein, sondern in Begleitung eines jungen Mannes, der eine Kappe trägt. Da die Kamera ziemlich hoch an einem Laternenmast angebracht ist, siehst du sein Gesicht nicht.
Der Unbekannte lotst den Wissenschaftler an den wartenden Taxis vorbei zu einer Limousine und öffnet die hintere Tür.
Droste steigt ein und das Auto fährt weg. Das Kennzeichen ist deutlich zu sehen.
„Die Polizei hätte diesen Wagen finden müssen", sagst du zu Charles. „Was ist da schiefgelaufen?"
Charles greift in sein Sakko und zieht eine Pistole. „Nichts. Es läuft alles nach Plan, du Schnüffler."

**Wenn du die Arme hochnimmst,
lies weiter auf Seite** **59**

**Wenn du dich wehrst,
lies weiter auf Seite** **40**

Im Geschützturm hast du nicht nur eine gute Deckung, sondern auch eine ganz andere Waffe zur Verfügung: ein schweres Maschinengewehr mit großer Reichweite. Damit treibst du die Angreifer locker in die Flucht.

Erleichtert kletterst du zurück in den Waggon. Dort erwartet dich bereits General Schultz, der durch die Schüsse geweckt wurde. Aber warum hat er die Hände gehoben?

Jetzt taucht hinter ihm einer eurer Agenten mit einer Pistole auf.

„Tja, dumm gelaufen", sagt er höhnisch zu dir. „Ich habe die Seiten gewechselt. Dort zahlt man mir einfach mehr."

Du wirst entwaffnet und gefesselt.

Hilflos musst du mit ansehen, wie der General entführt wird. Gegen ein hohes Lösegeld kommt er frei. Du wirst ebenfalls freigelassen, aber deinen Agentenjob bist du los, weil du den General nicht beschützen konntest.

Ende

Du willst nicht auffallen, also wählst du schweren Herzens die Bahn, die dich ins Zentrum der Millionenstadt am Tiber schaukelt.
Du steigst in einem Mittelklassehotel ab und ziehst dich um: Jeans, T-Shirt und die ganz speziellen Turnschuhe. Dann schaust du dir noch einmal deine Unterlagen an.
Von zweien der mutmaßlichen Täter gibt es verschwommene Fotos. Das eine zeigt einen jungen Mann mit Dreitagebart und einer schwarzen Sporttasche, auf der ein Drache zu sehen ist, und das andere eine junge Frau mit rötlichen langen Haaren. Hm, das ist nicht gerade viel …
Die Bande trifft sich offenbar gerne an der Piazza di Spagna mit der berühmten spanischen Treppe, entnimmst du den Unterlagen.
Mit einem Taxi fährst du dorthin und peilst erst einmal die Lage. Hunderte von Touristen strömen die Treppe hinauf zur Kirche Trinità dei Monti. Aber da, was ist das? Eine Gruppe von fünf Jugendlichen! Ein Mädchen mit langen roten Haaren gehört dazu – ist das eine der Zielpersonen?
Ja, denkst du, denn die Typen sind sehr sportlich. Sie balancieren in einem irren Tempo über schmale Steinbrüstungen und machen aus dem Stand einen Salto rückwärts.

**Wenn du die Leute ansprichst,
lies weiter auf Seite** **92**

**Wenn du sie lieber beobachtest,
lies weiter auf Seite** **44**

Hier kannst du niemandem mehr trauen, also wirst du den Job im Alleingang erledigen.
Der Limousinen-Service liegt auf der berühmten Prachtstraße Champs-Élysées in der Nähe des fünfzig Meter hohen Arc de Triomphe. Du schaust dir den Fuhrpark an. Und da ist er ja, der elegante Wagen, in den Droste einstieg, bevor er spurlos verschwand …

Wenn du versuchst, genau diesen Wagen mit einem Chauffeur zu mieten, lies weiter auf Seite **102**

Wenn du versuchst, als Fahrer beim Limousinen-Service anzuheuern, lies weiter auf Seite **38**

„Ich würde mich lieber mit Ihnen unten an der Bar treffen!“, rufst du durch die Tür.

In der Bar werden auch andere Leute sein. Deshalb wird niemand es wagen, dich dort anzugreifen.

„In Ordnung, ich gehe dann schon mal vor“, erwidert die Frau.

Du schaust wieder durch den Spion. Der Gang ist leer.

Also steckst du die Waffe ein, öffnest die Tür und trittst in den Korridor.

Du zuckst zusammen. Am Ende des Flurs steht Li Zhu mit schneeweißem Gesicht. Sie wird von einem Kerl mit einer Pistole bedroht.

Blitzartig wirbelst du herum und siehst einen zweiten Gangster, der eine Waffe auf dich gerichtet hat.

Eine Falle!

Schon kracht ein Schuss. Die Kugel gilt dir …

Ende

Du läufst los zum Abteil, in dem der General schläft. Als du es erreichst, wird eine Waggontür aufgerissen.
Oh nein, die Angreifer!
Du feuerst auf die Kerle und triffst, doch einer der Gangster trifft auch dich.
Die Waffe gleitet aus deiner Hand – und du weißt: Das ist das

Ende

Du rennst mit Leon im Schlepptau zu Willcott und berichtest aufgeregt, was ihr entdeckt habt.
„Ein fremdes Fahrzeug? Na, dann wollen wir mal!“, ruft Willcott und jagt einen Trupp schwer bewaffneter Männer zu der Stelle, wo ihr das verdächtige Fahrzeug gesehen habt.
Als ihr dort ankommt, ist der Wagen … weg!
„Was seid ihr nur für Spinner!“, schimpft Willcott. „Am besten fegt ihr zukünftig die Flure oder wascht die Autos. Zu mehr seid ihr Amateure nicht zu gebrauchen.“

Ende

30

Der General scheint ein wenig beleidigt zu sein, dass du dein Leben nicht für ihn riskieren willst. Er lässt dich einfach stehen und begibt sich in euer Hauptquartier.
Von deinem Ausbilder Luc Beston erfährst du später, dass Schultz immer mal wieder unangemeldet kommt, um euren Laden zu inspizieren.
„Du hast dich vorhin tapfer geschlagen", sagt Beston noch. „Ich glaube, du wärst der richtige Mann, um diesen jungen Typen in Rom das Handwerk zu legen. Mach dich bereit!"

Lies weiter auf Seite 72

Du reißt die Waffe hoch und erwiderst das Feuer. Blindlings ballerst du um dich, obwohl du während deiner Ausbildung eigentlich gelernt hast, erst einmal in Deckung zu gehen.
Aber nein, du jagst ein ganzes Magazin durch den Lauf der Pistole – ein verhängnisvoller Fehler, weil du den gut getarnten Gegner nicht triffst.
Als er dich trifft, weißt du: Das ist dein

Ende

Als Erstes rufst du deinen Ausbilder Luc Beston an.
„Wir werden erpresst, man will unser Computersystem hacken. Wir müssen zehn Millionen zahlen“, berichtest du.
„Ach, meinen Sie?“, knurrt Beston.
„Ja, natürlich“, erwiderst du. „Wir können es uns schließlich nicht leisten, dass man unsere Rechner ausspioniert.“
Beston schnauft verächtlich. „Und wissen Sie, was wir uns auch nicht leisten können?“
„Äh … nein“, antwortest du irritiert.

„Schlappe Möchtegern-Agenten wie Sie, Ben Carter. Sie scheinen zu glauben, dass man nur ein paar läppische Millionen hinblättern muss und damit ein ernstes Problem lösen kann. Falsch. Unsere Aufgabe ist es, diese Erpresser aufzuspüren und auszuschalten. Aber das haben Sie scheinbar nicht begriffen. Daher sind Sie gefeuert!“

Ende

„Gut gemacht", hörst du Paola sagen. Sie lacht. „Wir wollten nur wissen, ob die Dachluke *tatsächlich* nicht gesichert ist."
Wie witzig!, denkst du voller Wut. Wenn du den Alarm ausgelöst hättest, dann säßest du jetzt in der Falle.
Kurz darauf sind die anderen bei dir. Unter Paolas Führung durchsucht ihr die Räume der Villa und lasst alles Mögliche mitgehen, vor allem Schmuck.
Schließlich findet Paola auch einen Tresor. Francesco öffnet seine Tasche noch einmal und beginnt, den Stahlwürfel aufzuschweißen.
Wieder gibt es keinen Alarm.
Also musst du ein wenig nachhelfen. Du ziehst dich zurück und behauptest, den Keller zu durchforsten. Doch in Wahrheit rufst du die Polizei.
Nur fünf Minuten später ist die Villa umstellt. Alle Fluchtwege sind abgeschnitten.
Paola und ihre Gang – zu der auch du gezählt wirst – geben auf und lassen sich festnehmen. Auf der Wache werdet ihr einzeln vernommen.
Als die Polizisten erfahren, wer du wirklich bist, lässt man dich laufen und bedankt sich bei dir. Als Gegenleistung erreichst du, dass du Paolas Wohnung durchsuchen darfst. Dort findest du den Laptop mit der wertvollen Decodier-Software.
Auftrag ausgeführt!

Ende

Du telefonierst mit Luc Beston, dann mit General Schultz, eurem Kommandeur. Du legst dich wirklich mächtig ins Zeug und versuchst, deinem Freund zu helfen.
Aber es ist leider alles umsonst – Dr. Seeber verliert seinen Job. Das macht dich wütend und traurig.
Die Regierung lehnt die Zahlung ab, weil sie glaubt, sich mit einer besseren Software vor den Hackern schützen zu können. Doch das ist ein Irrtum. Ihr könnt die Attacke nicht abwehren. Euer Rechenzentrum wird lahmgelegt und ihr Agenten werdet von der fremden Macht enttarnt. Eure Gesichter und wahren Identitäten kursieren im Internet – als Agenten seid ihr alle erledigt.

Ende

Du redest dir den Mund fusselig und behauptest, du wärst rein zufällig hier vorbeigekommen. Doch es nützt dir nichts – die fünf glauben dir nicht.

Dann durchsuchen sie dich und finden deine Waffen.

„Der Kerl ist irgendein Schnüffler", vermutet Paola. „Und so einen können wir hier überhaupt nicht gebrauchen. Ab mit ihm in den Keller!"

Du wirst gepackt und eine Treppe hinuntergeschleift. Man sperrt dich in ein fensterloses Verlies.

Die Sonne siehst du nie wieder.

Ende

Über die Gegensprechanlage stellst du dich vor und man lässt dich herein. Du schreitest über einen Kiesweg zu dem stattlichen weißen Gebäude.

Frau Droste öffnet dir höchstpersönlich. Sie ist eine große, elegante Frau mit ernstem Gesicht.

„Was für ein schönes Haus", sagst du, um ihr zu schmeicheln.

„Nicht mehr lange, es wird verkauft", seufzt sie. „Sie wissen ja, die Scheidung ..."

Dann sagst du ihr, dass die Regierung alles unternimmt, um ihren Exmann zu finden und zu retten.

Plötzlich klingelt Frau Drostes Handy. Sie geht ran und während sie zuhört, wird sie kreidebleich.

Zitternd legt sie das Handy auf den Tisch. „Das war irgendein Mann aus Frankreich. Er behauptet, dass er meinen Exmann in der Hand hat. Der Kerl verlangt zwanzig Millionen Euro für seine Freilassung – von mir! Und wenn ich das Geld nicht habe, soll die Regierung mir helfen."

Du tust entsetzt. „Wie furchtbar!" Dann schnappst du dir Frau Drostes Handy und schaust dir das Protokoll an. Die letzten Anrufe stammten alle aus Deutschland ...

Wenn du Frau Droste unverblümt sagst, dass sie gerade gelogen hat, lies weiter auf Seite 57

Wenn du erst einmal abwartest, lies weiter auf Seite 21

Ganz cool fragst du nach, ob man einen Job für dich hat – und du scheinst Glück zu haben: Man stellt dich doch tatsächlich als Chauffeur ein, weil gerade ein Fahrer gekündigt hat. Alles, was du für den Job brauchst, sind ein Ausweis, ein Führerschein und gutes Benehmen. Über alles verfügst du, wobei deine Papiere natürlich gefälscht sind.

Am ersten Tag geht alles gut. Du kutschierst irgendwelche Promis durch das schöne Paris und sammelst dabei Informationen über die verdächtige Firma.

So beginnt auch der zweite Tag. Du fährst einen Hollywood-Star zu einigen Sehenswürdigkeiten wie dem Eiffelturm und dem Picasso-Museum.

Am Nachmittag mietet ein junger Mann im eleganten Anzug dich und deine Nobelkarosse. Er scheint sich in Paris gut auszukennen und lotst dich aus der Stadt heraus.

Auf einem einsamen Parkplatz bittet er dich anzuhalten. Dann greift er sich ins Gesicht und zieht eine hautenge Maske herunter. Du erstarrst: Das ist ja dieser Charles!

Er lächelt dich böse an und zieht eine Pistole.

Du lässt dich aus dem Auto fallen und rennst um dein Leben. Doch du bist nicht schnell genug …

Ende

Im letzten Moment schaffst du es auf die Mauer. Durch das Gebell der Hunde bist du allerdings bemerkt worden. Frau Droste hat sofort die Polizei gerufen, die dich festnimmt, weil man dich für einen Einbrecher hält.
Nur mit Mühe kannst du den Beamten erklären, was du wirklich vorhattest. Die Beamten lassen dich laufen – aber natürlich kannst du den Auftrag vergessen. Wie peinlich …
Luc Beston staucht dich zusammen – und das völlig zu Recht.

Ende

40

Du warst auf der weltweit besten Agentenschule. Du bist schnell, sehr schnell. Also lässt du dich von dem Kerl nicht beeindrucken, sondern lenkst ihn ab, indem du zum Fenster blickst und so tust, als ob dort gerade ein rosa Elefant vorbeifliegen würde.

Tatsächlich schaut der Kerl in diese Richtung. Schon springst du ihn an, um ihm die Waffe aus der Hand zu schlagen.

Doch dein Gegner war auch auf einer Agentenschule – und er ist ebenfalls schnell. Noch schneller als du.

Ein Schuss kracht …

Ende

Du tippst aufs Gaspedal und der Ferrari fliegt förmlich nach vorn. Doch nicht lange. Wegen der hohen Geschwindigkeit siehst du viel zu spät, dass sich am nächsten Autobahnkreuz ein Stau gebildet hat.
Du bremst scharf ab, kannst den Zusammenstoß aber nicht mehr verhindern.
Du brichst dir ein Bein und der schöne Ferrari ist nur noch Schrott. Wenigstens gibt es sonst keine Verletzten.
Aber deine geheime Mission ist kläglich gescheitert …

Ende

Oh Gott, so viele Schalter, Hebel und Knöpfe! Du hast keine Zeit, das alles auszuprobieren, die Typen kommen immer näher.
Aufs Geratewohl spielst du an den Bedienelementen herum und du hast mächtig Glück: Die riesige Lok setzt sich in Bewegung!
Du rollst an den Gangstern vorbei, die dich unter Beschuss nehmen. Schnell duckst du dich im Führerstand, während die Kugeln an dir vorbeipfeifen und die Fenster zerstören. Kurz darauf verstummt das Geballer und du wagst es, wieder aufzustehen.

Da folgt der nächste Schock: Auf einem Bahnübergang steht ein Tanklasterwagen. Und zwar mitten auf den Gleisen! In einiger Entfernung lauern mit Gewehren bewaffnete Gangster. Offenbar wollen sie den Zug mit allen Mitteln stoppen.

**Wenn du abspringst,
bevor sich die Lok in den Tanklaster bohrt,
lies weiter auf Seite** **112**

**Wenn du im Führerstand bleibst,
lies weiter auf Seite** **73**

Die fünf Jugendlichen essen noch ein Eis, dann schlendern sie zur nahe gelegenen Metro-Station.
Du bleibst an ihnen dran.
Ihr steigt zweimal um. Schließlich bist du in einem eher trostlosen Vorort von Rom gelandet. Hier reihen sich Fabrikhallen aneinander, die Straßen sind voller Schlaglöcher.
Die fünf Verdächtigen verschwinden in einem vierstöckigen Gebäude, dessen Fenster kaputt sind. Auf einem verblichenen Schild liest du, dass hier einst Klamotten geschneidert wurden. Doch jetzt ist das Gebäude eine ziemliche Ruine.

Wenn du den fünf Jugendlichen hinterherschleichst, lies weiter auf Seite **86**

Wenn du abwartest, lies weiter auf Seite **66**

Du stellst das Motorrad ab und robbst an den Wagen heran. Als du nur noch zehn Meter von ihm entfernt bist, springst du auf und richtest die Maschinenpistole auf die Typen, die gerade den Reifen wechseln.
„Nehmt die Flossen hoch – und keine falsche Bewegung!“, brüllst du sie an.
Die Entführer gehorchen.
Dann darf Leon den gepanzerten Kleintransporter verlassen.
„Schön, dich zu sehen“, sagt er und kommt auf dich zu. Du lässt die Waffe einen Moment sinken, um nicht auf deinen Freund zu zielen.
Ein Fehler, denn Leon tritt dir die Maschinenpistole aus der Hand und schlägt dich nieder. Eine Minute später bist du mit Kabelbinder gefesselt.
„Dummkopf“, lacht Leon dich aus. „Meine Entführung war nur gespielt.“
„*Du* bist also der Doppelagent, nachdem wir fahnden.“
„So ist es. Die andere Organisation, für die ich arbeite, braucht unbedingt die Fingerabdrücke eines K.R.Y.P.T.-Agenten, um den Fingerabdruckscanner zu überlisten“, erklärt Leon. „Die liefere ich durch meine angebliche Entführung. Na ja, jetzt könnten wir auch deine Fingerabdrücke nehmen …“

Ende

Du versteckst dich hinter einem Baum und beobachtest, wie die Täter den Reifen wechseln.
Aber was ist das? Leon hilft mit! Hat man ihn dazu gezwungen?
Nein, ganz sicher nicht, denn die Entführer haben keine Waffe auf ihn gerichtet ...
Deine Gedanken überschlagen sich. Gehört Leon zu den Tätern, ist die Entführung bloß gespielt?
Nur zu gut erinnerst du dich an den Moment, als du den Schlag gegen die Schultern erhieltst, nachdem die Rauchbombe explodiert war. War das Leon gewesen? Aber warum das alles?
Kurz darauf ist das Rad gewechselt. Lachend steigen die Täter ein und fahren in dem gepanzerten Kleintransporter los.
Keine Frage, die gehören zusammen! Als du dich auf dein Motorrad schwingst, packt dich eine unglaubliche Wut. Leon ist ein Verräter. Er ist vermutlich der Doppelagent! Du wirst ihn zur Strecke bringen ...

**Wenn du den Wagen verfolgst,
lies weiter auf Seite 12**

**Wenn du versuchst,
das Trio zu stoppen, lies weiter auf Seite 111**

„Das ist mir nicht geheuer“, sagst du schwach.
„Kein Problem, war ja nur eine Idee“, erwidert Paola. „Wir haben dich wohl falsch eingeschätzt. Dann mach es mal gut. Ciao.“
Okay, das war so eine Art Rauswurf. Du verabschiedest dich. Als du die Gruppe verlässt, siehst du Paola, Francesco und den anderen an, dass sie dich für eine Lusche halten. Doch das ist dir völlig egal, denn du hast einen Plan.
Noch in derselben Nacht kehrst du zu der alten Halle zurück. Vielleicht haben die Parkour-Profis dort nicht nur ihr Trainingsgelände, sondern verstecken da auch ihre Beute – zum Beispiel den Laptop mit der Decodier-Software.
Durch eines der kaputten Fenster dringst du in das Gebäude ein. Im Licht der Taschenlampe beginnst du, die große Halle zu durchsuchen.
Im hinteren Teil stößt du auf eine Treppe, die nach unten führt. Blutflecken sind auf den Stufen zu sehen.

**Wenn du oben bleibst,
lies weiter auf Seite 106**

**Wenn du die Treppe runtergehst,
lies weiter auf Seite 19**

„Vielleicht ist der Koffer irgendwie geschützt", erklärst du Li Zhu. „Ich möchte keine böse Überraschung erleben."
Zwei Stunden später ist es so weit: Der Kapitän betritt die Kabine und wird von euch in Empfang genommen – und zwar mit gezückten Pistolen.
„Wie lautet die Kombination für das Zahlenschloss des Koffers?", willst du wissen.
„007", erwidert der Kapitän mit einem falschen Lächeln.
Schon schweben deine Finger über dem Schloss – doch im letzten Moment zögerst du. Was ist, wenn der Mann lügt? Gibt es dann eine Explosion?
„Machen Sie den Koffer auf!", befiehlst du ihm.
Da wird der Kapitän bleich.
„Na los!", verlangst du.
Zitternd gehorcht der Mann – und gibt eine ganz andere Kombination ein: 886.
„Bei 007 oder einer anderen falschen Zahl hätte ich ein blaues Wunder erlebt, oder?", fragst du ihn wütend.
Er nickt stumm und klappt den Deckel hoch.
Deine Augen werden riesig: Da liegen zehn große Beutel mit Kokain. Bestimmt ist das Dreckszeug einige Millionen Dollar wert.
Ihr sorgt dafür, dass die Drogen vernichtet werden und der Kapitän im Gefängnis landet.

Ende

In der rechten Hand liegt deine Pistole, mit der linken reißt du die Tür auf.

Zwei Gestalten, zwei Waffen, die auf euch gerichtet sind. Eine Explosion, ein greller Blitz und beißender Rauch, der dir die Sicht nimmt.

Du feuerst, aber hast keine Ahnung, ob du jemanden getroffen hast.

Plötzlich erhältst du einen Schlag gegen die Schulter und gehst zu Boden. Eine Faust trifft dich am Kinn und für einen Moment bist du bewusstlos.

Als du wieder zu dir kommst, ist der Wagen weg.

Und auch Leon ist verschwunden.

Oh Gott, er wurde entführt! Das hättest du verhindern müssen!

Wenn du Hilfe holst,
lies weiter auf Seite **87**

Wenn du einen Alleingang wagst,
lies weiter auf Seite **70**

Wow, der Zug sieht aus wie in einem Hollywood-Film: ein richtig altmodisches Ding mit jeder Menge Mahagoniholz und Teppichen in den Waggons.
Aber das täuscht. Vom Personal erfährst du, dass der Zug nur so aussieht wie der legendäre Orientexpress. Gezogen wird er von einer Diesellok mit unglaublichen 7000 PS.
Der komplette Zug ist gepanzert und verfügt über mehrere Geschütztürme, die bei einem Angriff ausgefahren werden können.
Innen wird jede Menge Komfort geboten: Sauna, Whirlpool und ein Billardzimmer. Aber natürlich gibt es auch hochmoderne Büros und schicke Schlafzimmer – jedenfalls für den General.
Du jedoch beziehst ein enges und zweckmäßig ausgestattetes Abteil, das du dir mit einem anderen Agenten teilen musst.
Spät abends geht es los. Der Express jagt in Richtung Istanbul. Morgen Früh soll der Zug in der Metropole am Bosporus ankommen.
Gegen Mitternacht zieht Schultz sich in sein Gemach zurück. Du übernimmst die erste Wache und schlenderst schmunzelnd durch den schicken Zug. Was soll hier schon groß passieren? Ein echt lockerer Job. Doch plötzlich wird der Zug langsamer und hält an.

Wenn du im Führerstand nachschaust,
lies weiter auf Seite **71**

Wenn du eine der Türen aufmachst,
lies weiter auf Seite **15**

Du reagierst automatisch richtig. Lässt dich zur Seite fallen, rollst dich ab, gehst hinter einem umgestürzten Baumstamm in Deckung, ziehst deine Waffe, zielst – aber wo ist der Feind? Weitere Schüsse fallen, einer der Motorradfahrer stürzt, seine Maschine kracht gegen einen Felsen und explodiert in einem Feuerball.

Der Wagen mit General Schultz schlingert, streift einen Baum und beschleunigt.

Eine Salve aus einer Maschinenpistole trifft das Auto, doch die Kugeln prallen an der Panzerung ab.

Das Mündungsfeuer verrät den Attentäter, der sich in einer Baumkrone versteckt hält.

Du nimmst den Gangster unter Beschuss und kannst ihn ausschalten. Die Gefahr ist gebannt.

Kurz darauf stehst du vor dem General, der dich lobt: „Sie könnte ich gut gebrauchen, um mich auch künftig zu beschützen. Ich muss nach Istanbul zu einem Geheimtreffen. Wollen Sie mich begleiten?“

Wenn du den General begleitest,
lies weiter auf Seite **50**

Wenn du keine Lust hast,
eine Art Bodyguard zu sein,
lies weiter auf Seite **30**

„Was verlangen Sie?“
„Den Keycode zu K.R.Y.P.T.“, antwortet der Hacker.
Deine Knie werden weich. Der Keycode ist eine zwölfstellige Nummer, die man kennen und eingeben muss, um in besonders gesicherte Bereiche von K.R.Y.P.T. zu gelangen – zum Beispiel in das Rechensystem. Natürlich ist die Nummer streng geheim.
Du schluckst, dann entgegnest du: „Ich dachte, Sie könnten in jedes System eindringen. Dann müssten Sie doch auch den Keycode knacken können …“
„Richtig, aber das würde sehr viel Zeit kosten. Außerdem wird der Code jeden Tag geändert, wie du weißt.“
Verdammt, auch das stimmt! Der Kerl ist wirklich gut informiert.
„Es ist viel einfacher für mich, wenn du mir den Code verrätst“, sagt der Erpresser.
Da hast du eine Idee. „Es könnte sein, dass man unser Gespräch abhört“, erwiderst du. „Und eine Mail oder SMS könnte abgefangen werden. Ich muss Sie persönlich treffen, um Ihnen den Code zu übergeben.“
„Na schön. Heute Abend. 20 Uhr. Komm in die Bar Flamingo.“
„Wie erkenne ich Sie?“
„Gar nicht. Ich werde dich erkennen.“

Wenn du allein in die Bar gehst,
lies weiter auf Seite **113**

Wenn du Luc Beston informierst,
damit er eine Spezialeinheit dorthin schickt,
lies weiter auf Seite **74**

Keine gute Idee! Während deiner Ausbildung hat man dir eingeschärft, den Gegner nie aus den Augen zu lassen. Luc Beston hat dir auch beigebracht, dass man nie kopflos fliehen soll.

Aber genau das tust du gerade – du rennst über eine große Rasenfläche ohne Deckung.

Und diesmal zielt Frau Droste besser …

Ende

Du tastest dich zur nächsten Wand vor und suchst einen Schalter. Endlich hast du ihn gefunden und drückst ihn.
Nichts!
Leise fluchst du und merkst nicht, dass sich der Täter von hinten an dich herangeschlichen hat.
Zack!, schon bekommst du einen Schlag auf den Hinterkopf und alles wird dunkel.
Als du wieder aufwachst, hast du einen gewaltigen Brummschädel.
Die Polizei ermittelt und befragt auch dich, aber du sagst, dass du von nichts weißt.
Als du wieder im Hotel bist, bekommst du einen Anruf.
„Sie sind ein Anfänger!", schnauzt dich der Erpresser an. „Und Sie wollen mich mit billigen Tricks überführen. Doch Sie erhalten eine letzte Chance. Heute um Mitternacht kommen Sie mit dem Geld – und nicht mit Schnipseln – zum London Eye. Ich rufe Sie wieder an."
Zum London Eye … das ist dieses gewaltige Riesenrad an der Themse.
Du seufzt. Noch einmal wird sich der Kerl nicht von dir linken lassen, oder?

**Wenn du aufgibst,
lies weiter auf Seite** **54**

**Wenn du hingehst,
lies weiter auf Seite** **100**

Nun verstehst du es, dich perfekt zu tarnen und in andere Rollen zu schlüpfen. Du kannst Karate und hervorragend mit Waffen umgehen. Zudem hast du ein Dutzend Pässe, die auf unterschiedliche Namen ausgestellt sind.

Getauft wurdest du auf den Namen Ben Carter. Doch morgen bist du vielleicht Jason Wood aus Sydney oder Luca Schneider aus Berlin und übermorgen womöglich Marco Serrini aus Mailand oder Jaap van Groot aus Amsterdam.

Es spielt keine Rolle und stellt dich nicht vor Probleme. Denn in K.R.Y.P.T. hat man dir auch mehrere Sprachen beigebracht, die du inzwischen fließend beherrschst.

So viel zu deiner Ausbildung. Aber jetzt stehen deine ersten Einsätze an ...

Mit zwanzig anderen Nachwuchsagenten und -agentinnen wartest du in einem Schulungsraum. Neben dir sitzt dein bester Freund Leon. Ihr seid nervös, denn ihr wisst nicht, was auf euch zukommt. Wie wird euer erster Auftrag aussehen?

Du starrst zur Tür. Wo bleibt Luc Beston, euer knallharter Ausbilder? Beston, ein Mann, der nie lacht, der nicht redet, sondern bellt und knurrt wie ein Kampfhund.

Endlich geht die Tür auf und Beston kommt herein.

Lies weiter auf Seite 9

„Warum lügen Sie mich an?", fragst du sie.
„Was erlauben Sie sich?", faucht Frau Droste.
Du sagst, was dir gerade aufgefallen ist.
Da springt die Frau auf und weicht zur Tür. „Sie mieser Schnüffler! Was wissen Sie denn schon? Mein Mann ist ein Ekel, der mich nur geheiratet hat, weil ich Millionen geerbt habe. In den letzten Jahren hat er mein Geld im Casino verzockt! Und jetzt will er mich vor die Tür setzen. Aber nicht mit mir. Wilson?"
Wer ist Wilson?, fragst du dich.
Die Antwort stapft dreißig Sekunden später herein: ein Typ wie ein Kleiderschrank.
„Wilson, bitte sorge dafür, dass Herr Carter uns nie wieder belästigt!", befiehlt Frau Droste.
Mit geballten Fäusten kommt der Mann auf dich zu. Dabei zieht er ein Messer.
Blitzschnell setzt du die Spezialbrille auf.
„Pfoten hoch!", blafft Wilson dich an.
Gern, aber nur bis zur Brille!, denkst du und schießt mit dem rechten Bügel. Der winzige Pfeil bohrt sich in den Oberarm des Riesen und legt ihn schlafen.
„Sie Mistkerl!", kreischt Frau Droste und reißt eine Pistole aus ihrer Schublade.
Bäng! Bäng! Bäng! Die Kugeln fliegen dir nur so um die Ohren, während du aus dem Fenster springst.

Wenn du zum Ausgang der Villa rennst,
lies weiter auf Seite **54**

Wenn du zurück zum Fenster schaust,
lies weiter auf Seite **78**

Bevor du dich auf den Weg zu Frau Droste machst, schaust du bei Mister X vorbei. Er ist ein Mann Mitte vierzig mit wirren Haaren und wirrem Blick. Mister X redet ununterbrochen. Aber nicht nur sein Mund ist ständig in Bewegung, seine Hände sind es auch.

Okay, Mister X ist ein wenig anstrengend und macht einen mit seiner Zappelei nervös, aber er ist der beste Erfinder in K.R.Y.P.T. Wie kaum einer versteht er es, sensationelle Waffen zu bauen und Autos in Raketen zu verwandeln.

„Ah, Ben, was kann ich für dich tun?“, begrüßt er dich.

Du erklärst, was du vorhast.

„Du brauchst eine Brille“, sagt Mister X.

„Nein, brauche ich nicht.“

Er lacht. „Die hier schon. Meine neue Spezialentwicklung.“

Du setzt das unscheinbare Ding auf.

„Mit dem rechten Bügel kannst du winzige Pfeile verschießen. Sie enthalten ein Schlafmittel, das deine Gegner in Sekunden ausschaltet. Im linken Bügel sind ebenfalls kleine Pfeile. Aber Vorsicht, sie haben die Zerstörungskraft von Raketen.“

„Super!“ So etwas liebst du.

Tags drauf stehst du vor der Villa der Drostes.

Und jetzt?

**Wenn du brav klingelst,
lies weiter auf Seite** **36**

**Wenn du über die Mauer kletterst,
lies weiter auf Seite** **103**

Verdammt, der Kerl ist ein Gangster!
Immer schön locker bleiben, immer cool sein. So hat es Luc Beston dir beigebracht.
Also nimmst du ganz langsam die Hände hoch.
„So ist es brav", zischt Charles. „Und jetzt gibst du mir deine Waffe. Aber mach keine falsche Bewegung, sonst drücke ich ab."
Okay, die Pistole kann er haben, denkst du, ziehst sie unter deinem Sakko hervor und legst sie auf den Boden. Aber von dem dreiteiligen Präzisionsblasrohr unter deinem Hemd und dem Wurfmesser, das an deiner rechten Wade festgeschnallt ist, hat er nichts gesagt.
„Und jetzt machen wir beiden einen kleinen Ausflug", kündigt Charles an. „Los, raus hier!"
Er deutet mit dem Lauf der Pistole zur Tür.

Wenn du den Kerl angreifst,
lies weiter auf Seite **61**

Wenn du gehorchst,
lies weiter auf Seite **14**

60 Wozu hast du deine Superbrille? Ein Druck auf den rechten Bügel – und Volltreffer!

Der erste Wauwau wird getroffen und fällt in erstaunlichem Tempo in Tiefschlaf.

Aber da sind dummerweise ja noch die beiden anderen Hunde. Den vorderen verfehlst du und bevor du erneut schießen kannst, wirft dich der zweite Kampfhund zu Boden.

Die wütenden Tiere stürzen sich auf dich und du weißt: Das ist dein

Ende

„Sofort, mir ist nur der Schnürsenkel aufgegangen", sagst du und bückst dich. Mit einer blitzschnellen Bewegung ziehst du das Wurfmesser und schleuderst es auf Charles. Du triffst seine Pistole, bevor er abdrücken kann.

Du setzt nach und schaltest den Gangster mit einem Handkantenschlag aus.

Dann nimmst du deine Pistole und gehst zu einem Rechner in Charles' Büro.

In Windeseile loggst du dich ins System von K.R.Y.P.T. ein und suchst nach dem Kennzeichen des Autos, in dem Droste entführt wurde. Bingo! Die Limousine gehört einer Firma, die teure Autos mitsamt Chauffeur verleiht.

Wenn du dich allein zu der Firma begibst, lies weiter auf Seite 26

Wenn du lieber Verstärkung holst, lies weiter auf Seite 80

Später erhältst du weitere Instruktionen von Beston.
„Der Forscher heißt Professor Droste, ist 51 Jahre alt und ein brillanter Chemiker. Er hat zwei Kinder, ein beträchtliches Vermögen und wurde vor zwei Wochen von seiner Frau geschieden. Es gab eine Menge böses Blut", sagt dein Ausbilder und zeigt dir ein Foto des Mannes. „Gestern landete Droste auf dem Flughafen Charles de Gaulle und wollte ein Taxi ins Hotel nehmen."
„Was hatte er in Paris vor?", fragst du.
„Er sollte an einem Kongress teilnehmen", antwortet Beston. „Aber im Hotel kam er niemals an."
„Haben sich die Täter gemeldet? Eine Lösegeldforderung gestellt?"
Beston nickt. „Ja, sie wollen zwanzig Millionen Euro. Die Polizei hat aber keine heiße Spur. Jetzt sind wir dran. Die Formel ist unendlich wertvoll. Sie muss wieder her – und mit ihr Professor Droste. Sie müssen ihn und die Formel finden!"
Damit lässt er dich allein.
Du fragst dich, ob seine Frau hinter der Entführung steckt. Vielleicht will sie Geld nach der Scheidung …

**Wenn du Drostes Frau beschatten willst,
ließ weiter auf Seite** **58**

**Wenn du lieber nach Paris reist,
lies weiter auf Seite** **22**

Die große alte Halle ist ideal für eure Zwecke. Hier stehen noch ein paar rostige Maschinen und Regale, alles fantastische Hindernisse.
Du zeigst, was du draufhast. Zum Beispiel den *Saut de chat*, einen Hocksprung, bei dem man vor dem Hindernis abspringt und die Beine anzieht. Je höher das Hindernis ist, desto tiefer muss man sich bücken, um beim Absprung an Höhe zu gewinnen.
„Du hast es echt drauf!", loben dich Paola, Francesco und die anderen, als ihr später eine Pause macht. „Dich können wir gebrauchen. Hast du Lust, mit Parkour Geld zu verdienen?"
Du stellst dich doof. „Wie das?"
„Zehntausend Euro sind für dich drin, wenn du heute Nacht dabei bist …"
„Wobei?"
„Das siehst du dann schon", sagt Paola und blickt dich merkwürdig an. „Vertrau mir."

**Wenn du einwilligst,
lies weiter auf Seite 81**

**Wenn du Angst hast,
dass Paola und die anderen
dir eine Falle stellen,
lies weiter auf Seite 47**

Du lässt los. Oh mein Gott!, denkst du, während du wie ein Stein in die Tiefe fällst.
Dann kommt der Aufprall. Zum Glück reißt der Stoff der Markise nicht, sondern funktioniert wie ein Sprungtuch.
Ihr werdet wieder ein Stück in die Höhe katapultiert und landet schließlich einigermaßen weich in der Auslage eines Straßenhändlers, der Plüschtiere und Bälle anbietet.
Li Zhu lächelt dich an. „Nicht schlecht. Aber jetzt sollten wir uns um das Schiff mit den Drogen kümmern. Wir haben einen Verdacht, sind uns aber nicht sicher. Durchsuchen wir den Pott und der Verdacht erweist sich als falsch, machen wir uns lächerlich. Wir müssen also undercover ermitteln."
Da die Gangster eure Gesichter kennen, färbt ihr euch die Haare und ändert eure Augenfarbe mit Kontaktlinsen. Du lässt dir zudem einen Bart stehen. Mit gefälschten Papieren heuert ihr auf dem verdächtigen Containerschiff an, das zwei Tage in Shanghai ist und gerade entladen wird. Der Gigant ist vierhundert Meter lang und sechzig Meter breit. Ihr werdet in der Kombüse arbeiten.
Um Mitternacht trefft ihr euch. Bis auf zwei Mann, die Wache schieben, hat die Besatzung Landgang.
„Wo sollen wir mit der Suche nach den Drogen beginnen?", fragt Li Zhu. „In der Kabine des Kapitäns oder in den Containern?"

Wenn du für die Container bist,
lies weiter auf Seite 10

Wenn du für die Kabine bist,
lies weiter auf Seite 109

Nachdem die Verdächtigen in dem Gebäude verschwunden sind, wartest du ein paar Minuten ab. Dann erst läufst du ihnen hinterher.
Hinter dem Eingangstor bekommst du einen Schlag in den Rücken und stürzt zu Boden.
Du drehst dich um und greifst zu deiner Pistole, doch die wird dir aus der Hand gekickt.
Ein riesiger Kerl hat sich vor dir aufgebaut.
Mist, ein sechster Täter! Vermutlich eine Art Wachmann.
„Dummkopf", grollt der Riese und ruft die anderen zu sich.
Zum Glück hast du ja noch eine Waffe – und zwar im Schuh.
Mit dem Knopf an deiner Uhr feuerst du einen Shuriken ab, der den großen Kerl im Bein trifft. Er jault auf und dir gelingt die Flucht, bevor Paola, Francesco und die anderen sich auf dich stürzen können.
Aber natürlich kannst du deine geheime Mission vergessen. Schließlich ist deine Tarnung aufgeflogen.
Unverrichteter Dinge kehrst du zu deiner Agentenzentrale zurück und wartest auf den nächsten Auftrag.

Ende

Du springst hinter eine Sitzgruppe und wartest, bis der Täter das Feuer einstellt.
Aus deiner Deckung heraus beobachtest du, wie er das Fenster aufreißt und verschwindet.
Du setzt ihm nach und schlüpfst ebenfalls durch das Fenster. Unter dir huscht ein Schatten über eine Grünfläche.
Ein Grinsen ziert dein Gesicht, als du Anlauf nimmst und von der Brüstung springst. Du landest genau im Rücken des Gegners und bringst ihn zu Fall.
Als geübter Karatekämpfer hast du keine Mühe, den Erpresser niederzuringen und zu fesseln.
Dann rufst du in deiner Zentrale an und berichtest von der Verhaftung. Alle sind stolz auf dich!

Ende

Du stellst dich rechts neben die halb offen stehende Tür, Li Zhu übernimmt die linke Seite. Der Revolver liegt kühl in deiner Hand. Deine Partnerin scheint keine Waffe zu brauchen und sich ganz auf ihre Karate-Künste verlassen zu wollen.
Hastige Schritte im Flur, ein leises Kommando.
Dann plötzlich völlige Stille.
Du atmest ruhig ein und aus. Volle Konzentration.
Da rollt etwas über den Boden in den kurzen Flur der Suite.
Deine Augen weiten sich vor Entsetzen: eine Granate!
Geistesgegenwärtig kickst du sie zurück zu den Gangstern. Schon gibt es eine heftige Explosion – und alles um dich herum wird schwarz.

Als du wieder aufwachst, liegst du in einem Krankenhaus. Deine Beine sind bandagiert. Besonders viel scheinst du bei der Explosion nicht abbekommen zu haben.
„Wo ist Li Zhu, wie geht es ihr?", fragst du einen Arzt.
„Sie ist nur leicht verletzt", beruhigt er dich.
„Und die Gangster?"
„Alle in Haft", lautet die Antwort.
Erleichtert lehnst du dich in die Kissen zurück. Das ist ja gerade noch mal gut gegangen …

Ende

Li Zhu springt tatsächlich. Kugeln pfeifen ihr hinterher, verfehlen sie aber. So lebensmüde bist du nicht. Du balancierst zu den Verbrechern zurück.
„So ist es brav", sagen sie, ziehen dich zurück ins Hotelzimmer und verhören dich.
Natürlich hättest du auch eine Menge Fragen – zum Beispiel, wer Li Zhu und dich verraten hat. Aber dein Job ist es, die Fragen der Gangster zu beantworten.
Sie quetschen dich über K.R.Y.P.T. aus und ändern natürlich sofort ihre Pläne. Dann schicken sie dich zurück.
Du bist bis auf die Knochen blamiert und als Agent grandios gescheitert. Aber wenigstens bist du noch am Leben.

Ende

Du hast dich wie ein Anfänger verhalten und willst die Sache wiedergutmachen. Vor allem aber willst du deinen Kumpel Leon retten!

Niemand schenkt dir Beachtung, als du in eure Basis huschst und dich umziehst: Kampfanzug und -stiefel, kugelsichere Weste, Helm. Als Waffen hast du eine Maschinenpistole, einen Revolver, Blendgranaten und ein Kampfmesser dabei. Ein Nachtsichtgerät vervollständigt deine Ausrüstung.

Dann holst du dir eine der Motocross-Maschinen und bretterst an der verdutzten Wache vorbei durchs Tor.

Schnell hast du die Stelle wiedergefunden, wo Leon entführt wurde. Die Reifenspuren des Fahrzeugs sind deutlich zu sehen. Du gibst Vollgas und nimmst die Verfolgung auf. Doch du hast wenig Hoffnung. Die Entführer haben sicher einen großen Vorsprung.

Aber dann hast du Glück. Der Wagen der Täter ist wegen einer Reifenpanne liegen geblieben.

Wenn du angreifst,
lies weiter auf Seite **45**

Wenn du erst einmal die Lage peilst,
lies weiter auf Seite **46**

Du drückst einen Knopf und die Tür zum Führerstand gleitet zur Seite.
„Was ist denn los, wieso haben …“ Weiter kommst du nicht. Der Zugführer hat eine Pistole auf dich gerichtet. „Verdammter Schnüffler, nimm die Hände hoch!“
Mist, der Kerl gehört zur Gegenseite! Aber was hat er vor? Soll der General gekidnappt werden?
„Umdrehen!“, lautet das nächste Kommando.
In dieser Sekunde knackt es im Funkgerät des Zuges und der Lokführer schaut kurz zur Seite.
Ein Fehler, den du blitzschnell ausnutzt. Deine Faust schießt vor und trifft das Kinn des Verräters. Er sackt zusammen, die Pistole gleitet ihm aus der Hand.
Sehr schön – aber was jetzt? Du schaust aus dem Fenster. Vermummte Typen rennen auf die Waggons zu.

Wenn du General Schultz informierst, lies weiter auf Seite **28**

Wenn du versuchst, die Lok zu steuern, lies weiter auf Seite **42**

Bevor du nach Rom fliegst, bekommst du eine hübsche Ausrüstung: ein paar coole Turnschuhe.
Turnschuhe? Sehr lustig. Aber Halt, diese Schuhe haben es in sich. In den Sohlen sind kleine Abschussrampen für Shuriken eingearbeitet. Diese vierzackigen Sterne waren einst eine Spezialwaffe der Ninja gewesen. Über einen Knopf in deiner Uhr kannst du die Dinger abfeuern.
Während des Fluges liest du, was man über die jungen Täter weiß. Auf ihr Konto gehen zahlreiche spektakuläre Einbrüche – unter anderem in euer streng geschütztes römisches Auslandsbüro. Dort haben die Täter einen Laptop gestohlen, auf dem eine Decodier-Software gespeichert ist. Die darf unter keinen Umständen einem fremden Geheimdienst in die Hände fallen.
Eins haben die Täter gemeinsam: Sie sind hervorragende Parkour-Läufer. Diese Sportart, bei der es darum geht, zu Fuß möglichst schnell Hindernisse wie Mauern, Zäune und sogar Häuser zu überwinden, beherrschst du auch. Jetzt willst du Mitglied der gefährlichen Bande werden, um sie später auffliegen zu lassen.
Am Flughafen wirst du von einem Kontaktmann erwartet. „Wir haben einen Ferrari für Sie“, sagt er und zaubert ein Lächeln auf dein Gesicht. „Oder wollen Sie lieber mit der Bahn zu Ihrem Hotel im Zentrum fahren?“

Wenn du den Ferrari wählst,
lies weiter auf Seite **94**

Nimmst du die Bahn,
lies weiter auf Seite **24**

Heldenhaft bleibst du stehen und klammerst dich an einen Haltegriff. Du schließt die Augen.
Dann kracht die Lok in den Tanklastwagen. Ein unglaublicher Schlag erschüttert den gesamten Zug und du reißt die Augen wieder auf.
Der Lkw explodiert, Flammen und Rauch schießen in den Abendhimmel. Die Lok schiebt den brennenden Trümmerhaufen vor sich her und schüttelt ihn schließlich ab. Gleichzeitig werdet ihr von Kugeln bombardiert. Jetzt reicht es dir und du schießt zurück. Du bist ein verdammt guter Schütze und kannst einige der Kerle ausschalten.
Du ballst die Fäuste: Ja, du hast es geschafft, die Explosion hat dem gepanzerten Zug nichts anhaben können.
Plötzlich spürst du eine Hand auf der Schulter und fährst herum. Es ist General Schultz, der durch den Lärm alarmiert wurde.
„Das haben Sie sehr gut gemacht. Sie sind mein bester Mann und ich werde Sie befördern", verspricht er.
Der General hält Wort. Als ihr sicher an eurem Ziel angekommen seid, wirst du nicht nur befördert, sondern erhältst auch eine saftige Gehaltserhöhung.

Ende

Schweren Herzens beichtest du deinem Ausbilder alles. Er fällt aus allen Wolken und nennt dich einen blutigen Anfänger.
Gegen 19 Uhr jagt Beston ein Spezialeinsatzkommando zur Flamingo-Bar. Es sind insgesamt fünf Agenten, zwei Frauen und drei Männer. Sie haben sich als ganz normale Barbesucher getarnt.
„Sie gehen auch hin", befiehlt Beston dir. „Sie sind unser Lockvogel."
Du nickst. So kannst du vielleicht doch noch einen kleinen Beitrag leisten. Pünktlich bist auch du in der Bar.
Um 20 Uhr tritt ein unscheinbarer Mann an dich heran.

„Guten Abend, wie haben Sie geträumt?", fragt er leise und lächelt böse.
„Von Ihnen zum Glück nicht, Nightmare", erwiderst du.
„Wie lautet der Code?", lautet die nächste Frage
„SSV", antwortest du.
Überrascht schaut Nightmare dich an. „SSV – wie Sommerschlussverkauf? Wollen Sie mich veräppeln?"
Jetzt lächelst du. „Klar. SSV steht für **S**ie **s**ind **v**erhaftet."
Schon wird der Erpresser von den fünf Agenten gepackt und abgeführt.
Und du? Beston begnadigt dich und gibt dir eine neue Chance.

Lies weiter auf Seite 11

Toller Trick! Aber darauf bist du natürlich vorbereitet. Blitzschnell ziehst du die coole Sonnenbrille aus der Brusttasche, setzt sie auf und drückst einen winzigen Knopf am rechten Bügel – schon hast du ein Nachtsichtgerät.

Du schaust zu Captain America und siehst eine Gestalt, die gerade die Tasche an sich nimmt und zum Ausgang huscht.
Lächelnd folgst du dem Erpresser. Gleich habe ich dich!
Aus dem nächsten Gang hörst du die Rufe der letzten Ausstellungsbesucher, die sich lauthals beschweren.
Da rennt euch ein Wachmann mit einer Taschenlampe entgegen.
Der Täter schlägt ihn nieder und sprintet zu einem Fenster.
Mist!, denkst du. Der Kerl hat auch ein Nachtsichtgerät. Sonst könnte er sich in der Dunkelheit nicht so schnell bewegen.
Wie Recht du hast! Denn plötzlich peitscht ein Schuss. Du spürst den Luftzug der Kugel.

Wenn du das Feuer erwiderst,
lies weiter auf Seite 97

Wenn du in Deckung gehst,
lies weiter auf Seite 67

London, 17.19 Uhr: Du verlässt die U-Bahn-Station Baker Street und läufst die zwei Minuten zum Wachsfigurenkabinett. Die schwarze Tasche hast du dabei. Inhalt: Papierschnipsel.

Die Frau an der Kasse wundert sich, dass du so spät noch den Eintritt bezahlst. Immerhin schließt die Ausstellung um 18 Uhr. Dann gehst du zu den Superhelden mit Hulk, Wolverine, Spider-Man und natürlich Captain America. Wirklich täuschend echt, denkst du dir, während du unauffällig die Lage peilst.

Du bist dir ziemlich sicher, dass der Täter bereits hier ist und dich beobachtet. Aber wer ist der Mann? Der Typ mit den rötlichen Haaren und den Sommersprossen da drüben? Oder der Mann mit dem Anzug, der betont lässig durch die Ausstellung schlendert? Oder ist es vielleicht sogar eine Frau, die im Auftrag des Erpressers das Geld abholen soll? Vor allem aber fragst du dich, wie der Erpresser die Tasche an sich nehmen will, ohne gesehen zu werden – zum Beispiel von dir.

Du schaust dich weiter um und die Minuten verrinnen.

17.42 Uhr. 17.49 Uhr, 17.50 Uhr, 17.54 Uhr.

Du schlenderst zu Captain America. Ein kurzer Blick über die Schulter. Niemand mehr da. Oder?

17.55 Uhr. Du stellst die Sporttasche ab und entfernst dich von ihr. In dieser Sekunde geht das Licht aus.

Wenn du zu Captain America läufst,
lies weiter auf Seite 75

Wenn du einen Lichtschalter suchst,
lies weiter auf Seite 55

Während du dich abrollst, spähst du über die Schulter und siehst Frau Droste, die auf dich zielt.
Mit einem Hechtsprung hinter die Mauer eines Zierbrunnes bringst du dich in Sicherheit.
Wieder fallen Schüsse, die dir aber nichts anhaben können. Doch dann wirst du auch von der oberen Etage und vom Dach aus unter Beschuss genommen. Offenbar hat Frau Droste ihr Personal angewiesen, dich ebenfalls zu beschießen.
Jetzt wirst du allmählich sauer.

Mit der Spezialbrille erwiderst du das Feuer – und zwar mit dem linken Bügel. Damit kannst du die Pfeile abfeuern, die laut Mister X die Wirkung von Raketen haben.
Wuuuuuusch! Das Geschoss zischt ins Dach. Trümmer regnen herab, Rauch steigt auf.
Irre!, freust du dich. Der nächste Schuss geht ins obere Stockwerk mit dem zweiten hinterhältigen Schützen. Volltreffer. Dort, wo gerade noch ein Fenster war, klafft nun ein riesiges Loch. Flammen schlagen hervor, eine Sirene heult.
Bleibt noch Frau Droste. Die hört angesichts deiner enormen Feuerkraft auf, dich zu beschießen, und flieht zu ihrem Porsche.
Doch du bist schneller und schießt dem Sportwagen die Schnauze weg. Zitternd steigt Frau Droste aus und lässt sich von dir widerstandslos festnehmen. Kurz darauf verrät sie dir, wo ihr Mann festgehalten wird. Er wird befreit und du bist der Held!

Ende

Du reißt die Tür auf und machst einen Satz zurück, die Waffe im Anschlag.
Li Zhu wird in den Flur gestoßen, hinter ihr tauchen zwei Kerle auf. Der eine ist klein und drahtig, der andere erinnert dich an eine Bulldogge. Der Kleine bedroht die Agentin mit einer Schusswaffe.
„Knarre runter!", sagt er zu dir.
Du peilst die Lage. Nein, keine Chance – wenn du schießt, wirst du das Leben von Li Zhu riskieren. Langsam lässt du die Waffe sinken.
„Her damit!", lautet der nächste Befehl, und du gehorchst.
„Tut mir leid", sagt Li Zhu. „Jemand muss uns verraten haben. Sie haben mir in der Hotellobby aufgelauert …"
„Stimmt", sagt der Kleine. „Eure Reise ist zu Ende, bevor sie überhaupt begonnen hat. Ihr zwei werdet jetzt aus dem Fenster springen. Ein unglückliches Liebespaar, das sich das Leben nimmt. Wirklich tragisch …"
Da sich die Fenster in diesen Hotels grundsätzlich nicht öffnen lassen, zerschlägt der Bulldoggen-Typ das Glas mit einem Stuhl. Feuchtwarme Luft weht euch entgegen. Mann, ist das hoch! Bestimmt dreißig Meter!
„Los, jetzt! Raus mit euch! Wir wünschen einen guten Flug!"

**Wenn du auf das Fensterbrett steigst,
lies weiter auf Seite** **88**

**Wenn du die Männer angreifst,
lies weiter auf Seite** **82**

Du beginnst zu telefonieren und schaltest erst deine Zentrale ein, dann die Pariser Polizei. Während dieses Gesprächs bemerkst du nicht, wie Charles in deinem Rücken zu sich kommt.
Er greift zu seiner Waffe.
Dann drückt er ab.

Ende

Auf der Piazza Navona, es ist 2.30 Uhr in der Nacht. Du gleitest am hübschen Springbrunnen Fontana dei Quattro Fiumi vorbei zur Kirche Sant'Agnese. In ihrem Schatten warten sie schon, deine neuen falschen Freunde. Ansonsten ist die Piazza menschenleer.

„Die könnten dir gehören", begrüßt Paola dich und zeigt dir zwei 500-Euro-Scheine. „Bist du bereit?"

Du nickst stumm.

„Gut. Da vorn ist eine Villa. Du kletterst aufs Dach. Dort oben ist ein Fenster, das nicht gesichert ist. Brich es auf und steig ein", befiehlt Paola. „Wenn du drin bist, schick mir eine SMS."

Francesco zieht ein Brecheisen aus der schwarzen Sporttasche und drückt es dir in die Hand.

Du siehst dich um. Ihr seid immer noch allein auf dem Platz. Gut. Dann läufst du zur Rückseite der Villa und kletterst an einer Regenrinne vier Stockwerke hinauf bis zum Dach. Außer Atem kommst du oben an. Da ist es ja, das Dachfenster!

Schnell brichst du es auf, hältst dich am Rand der Luke fest und lässt dich ins Innere fallen. Du landest auf einem harten Fußboden, rollst dich ab und zückst das Handy.

Wenn du Paola die SMS schickst, lies weiter auf Seite 33

Wenn du stattdessen die Polizei rufst, lies weiter auf Seite 105

Du hast nichts zu verlieren, denn einen Sturz aus dem Fenster würdest du nicht überleben. Also setzt du alles auf eine Karte.

Du bückst dich, als wolltest du dir den Schuh zumachen.

„He, was soll das?", ruft der Bulldoggen-Typ. „Versuche bloß nicht …"

Eine Beinsichel von dir lässt den Täter verstummen und auf den Boden krachen.

Schon greifst du den zweiten Mann an, doch er ist schneller und drückt ab. Du weißt:

Das ist das

Ende

„Pass auf, ich habe eine Idee", sagst du zu deinem Freund. „Wir behalten diesen letzten Hackerangriff für uns, damit du nicht arbeitslos wirst."
„Aber wenn der Kerl das Geld nicht bekommt, wird er unser System lahmlegen", jammert Dr. Seeber.
Du lächelst. „Wir tun so, als ob unsere Regierung bezahlt. Ich werde den Geldboten spielen und die Typen erledigen."
Dr. Seeber ist natürlich begeistert.
Exakt eine Stunde später ruft der Kerl mit der teuflischen Maske wieder an. Du behauptest, dass die zehn Millionen bis übermorgen bereitliegen würden und dass du der Geldbote sein wirst.
„Sehr gut", sagt der Erpresser. „Sie werden das Geld in einer schwarzen Sporttasche um 17.55 Uhr Ortszeit im Wachsfigurenkabinett von Madame Tussauds in London abstellen – und zwar vor Captain America im Ausstellungsbereich mit den Superhelden. Dann gehen Sie sofort und drehen sich nicht mehr um. Ist das klar?"

Lies weiter auf Seite 76

Fünf gegen einen. Normalerweise hat man da keine Chance. Normalerweise … Aber du bist durch eine harte Schule gegangen, du bist ein besonders guter Agent. Außerdem hast du noch deine Spezialwaffe.

Ein Druck auf den Knopf an deiner Uhr und schon fliegt ein Shuriken aus deinem Turnschuh.

Du triffst das Messer in Paolas Hand. Mit einem Schrei lässt sie es fallen und weicht zurück.

In derselben Sekunde gehst du in die Knie, fährst das rechte Bein aus und drehst dich um die eigene Achse – mit dieser Sense fegst du zweien der jungen Männer die Füße weg. Hart schlagen sie auf dem Boden auf.

Du springst hoch und trittst Francesco vor die Brust. Er wird nach hinten katapultiert und kracht gegen den vierten Mann. Die beiden rasseln mit den Köpfen zusammen und sind bewusstlos.

Die anderen beiden rappeln sich wieder auf – ein sauberer Handkantenschlag, ein Hieb mit dem Ellbogen: Schon legen sich die beiden schlafen.

Bleibt noch Paola.

„Du mieser Verräter!“, kreischt sie und rennt weg. Doch du bist schneller, holst sie ein und kannst sie fesseln.

Das machst du auch mit den vier Männern. Anschließend durchsuchst du die Halle und findest den Laptop mit der Decodier-Software.

Damit fliegst du schnell zu deiner Zentrale zurück und erntest ein dickes Lob.

Ende

Du lehnst dankend ab. Die Typen sind bestimmt sehr gefährlich, du solltest ihnen nicht zu nahe kommen.
Also verlegst du dich aufs Observieren. Du konzentrierst dich auf den Typ mit der schwarzen Sporttasche, diesen Francesco. Du findest heraus, dass er ein ganz unauffälliges Leben führt, allein in einer kleinen Wohnung lebt und tagsüber in einem Eiscafé am berühmten Trevi-Brunnen kellnert. Gegen Abend trifft er sich regelmäßig mit seinen Parkour-Freunden.
Und nachts? Was macht der Verdächtige da eigentlich?
Um das herauszufinden, stehst du dir jede Nacht vor Francescos Wohnung die Beine in den Bauch. Aber er verlässt sie nicht.
In der sechsten Nacht willst du frustriert aufgeben. Bist du auf der falschen Fährte?
Doch da legt sich eine Hand auf deine Schulter. Du erstarrst.
„Guten Abend", sagt Francesco mit leiser Stimme.
Wieso hast du nicht gesehen, dass der Kerl die Wohnung verlassen hat? Gibt es einen Hinterausgang?
„Meinst du wirklich, ich habe nicht gemerkt, dass du mich seit Tagen verfolgst, du Narr?", zischt der junge Mann dir zu.
Du rammst ihm den Ellbogen in den Magen und rennst los. Aber du kommst nicht weit. Ein Schuss kracht und wem diese Kugel gilt, ist klar …

Ende

Du schlüpfst hinter den anderen in das dunkle Gebäude und gelangst zu einer Art Trainingsgelände. Francesco und die anderen springen und turnen an alten Maschinen herum und balancieren in einem irren Tempo über schmale Eisenträger.
Du gehst hinter einem öligen Kessel in Deckung und beobachtest die fünf eine Weile.
Fünf? Da fehlt doch eine! Wo ist Paola?
Die Antwort lautet: Hinter dir! Wieso hast du das nicht gemerkt, du Schaf?
„Was machst du denn hier?", fragt sie dich misstrauisch und zieht ein Messer. „Bist uns nachgeschlichen, was?"
Sie ruft ihre Freunde herbei, die dich umstellen.

Wenn du versuchst, dich herauszureden,
lies weiter auf Seite 35

Wenn du angreifst,
lies weiter auf Seite 84

Du rast zurück zu eurer Basis und informierst Luc Beston.
„Wie leichtsinnig von Ihnen. Sie hätten ganz anders vorgehen müssen", tadelt dich der Ausbilder. „Sie sind raus aus dem Geschäft. Ihre Agentenzeit ist beendet."
Mit hängenden Schultern trottest du aus dem Raum.
Aus den Medien erfährst du, dass es eine große Suchaktion gibt. Schließlich wird Leon befreit. Bei der Aktion bleibt er unverletzt. Aber seinen Agentenjob ist auch er los.

Ende

Als du auf dem Fensterbett stehst, drehst du dich zu den Kerlen um und schaust an ihnen vorbei zur Tür.
„Was für ein Glück!“, rufst du, als sei dort gerade die Polizei aufgetaucht.
Prompt wirbeln die Gangster herum – ein Fehler.
Li Zhu reagiert blitzschnell. Du aber auch. Mit gezielten Karatetritten schickt ihr die beiden Gangster ins Reich der Träume.
„Was sind das für Typen?“, fragst du deine Kollegin.
„Keine Ahnung“, erwidert sie. „Aber ich vermute, dass sie zur Mafia gehören. Eine Art Begrüßungskomitee.“
Da bimmelt das Handy eines der Täter. Du schnappst es dir.
„Ja?“
„Wie sieht es aus, habt ihr die Vögel fliegen lassen?“, hörst du eine Stimme sagen.
„Natürlich nicht. Deine Kollegen schlafen tief und fest. Und noch was: Das sind ziemliche Pfeifen.“
„Was? Na warte, wir kommen hoch!“
„Mist, wir kriegen Besuch!“, sagst du zu Li Zhu.
„Du scheinst Ärger förmlich anzuziehen.“ Sie seufzt.
Du nickst. „Mag sein. Aber ich liebe Ärger.“

**Wenn du versuchst,
mit Li Zhu durch das Fenster zu fliehen,
lies weiter auf Seite 98**

**Wenn du den Kerlen hinter der Tür auflauerst,
lies weiter auf Seite 68**

„Komm!", flüsterst du Leon zu.
Gebückt schleicht ihr auf das Fahrzeug zu, geht hinter zwei Bäumen in Deckung.
Es handelt sich um einen geländegängigen und gepanzerten Kleintransporter. Zu eurer Fahrzeugflotte gehört der Wagen nicht. Er hat keine Kennzeichen. Seltsam. Kein Mensch ist weit und breit zu sehen.
Nach zwei Minuten traust du dich aus der Deckung und gehst mit Leon um das Auto herum. Fahrer- und Beifahrertür sind verschlossen.
Jetzt stehst du vor der Tür am Heck des Wagens.

**Wenn du versuchst, sie zu öffnen,
lies weiter auf Seite** **118**

**Wenn du deine Waffe ziehst,
bevor du die Tür öffnest,
lies weiter auf Seite** **49**

Probehalber steuerst du den nächsten Parkplatz an. Mal sehen, wie der Fahrer des BMW reagiert.
Das hast du dir doch gedacht: Der Wagen folgt dir auch auf den Rastplatz.
Du bleibst im Auto und schaust in den Rückspiegel.
Der BMW hält direkt hinter dir, die Türen fliegen auf, zwei Männer kommen auf dich zu. Die beiden sehen alles andere als harmlos aus, also willst du wegfahren.
Doch das kannst du vergessen, denn während du dich auf das konzentriert hast, was hinter dir geschieht, hat sich ein Fiat-Fahrer vor dich gestellt. Du bist eingekeilt!
Bevor du reagieren kannst, zerrt man dich aus dem Wagen und bedroht dich mit einem Messer.
Einer der Schurken setzt sich ans Steuer des Ferraris und braust davon. Seine Komplizen fliehen in dem Fiat und dem BMW. Dich lässt man einfach stehen.
Wie peinlich! Man hat dir, dem Superagenten, am helllichten Tage den Wagen gestohlen! Den Ferrari!
Als dein Ausbilder Luc Beston davon erfährt, ruft er dich sofort zurück. Zur Nachschulung …

Ende

Lässig schlenderst du auf die Gruppe zu. Als die fünf Typen dich bemerken, nimmst du Anlauf, springst über ein Auto und rollst dich auf der anderen Seite elegant über die Schulter ab. Die jungen Leute applaudieren dir.

„Nicht schlecht", sagt einer der jungen Männer. „Wer bist denn du?"

Schon seid ihr im Gespräch. Wie gut, dass du auch fließend Italienisch sprichst.

Das Mädchen mit den roten Haaren heißt Paola.

Auch ein Typ mit einer schwarzen Sporttasche samt Drachen gehört zu den Leuten – er heißt Francesco. Ihr redet über Parkour und es gelingt dir, das Vertrauen der jungen Leute zu gewinnen. Das glaubst du zumindest.

„Hast du Lust, heute Abend mit uns zu trainieren?", fragt Paola.

„Wo denn?"

„In einer alten Fabrik. Am Stadtrand", antwortet sie.

Wenn du die Einladung annimmst, lies weiter auf Seite **63**

Wenn du das lässt und die Verdächtigen lieber heimlich beobachtest, lies weiter auf Seite **85**

Du feuerst auf die Angreifer und erwischst auch zwei von ihnen.
Doch bei deiner Attacke verzichtest du auf eine vernünftige Deckung – ein Anfängerfehler, hätte Luc Beston gesagt. Und er hat leider Recht.
Die anderen Gangster nehmen dich unter Beschuss und leider treffen sie dich auch.

Ende

Ja, der Schlitten ist genau nach deinem Geschmack! Ein Ferrari 458 Speciale mit 605 PS.
Du gleitest in den Ledersitz des Traumwagens und lässt den Saugmotor an. Das Triebwerk brüllt.
Dann fährst du vom Leonardo da Vinci International Airport über die Autostrada 91 in Richtung Zentrum. In drei Sekunden beschleunigt der Ferrari von null auf hundert, sechs Sekunden später bist du bei Tempo zweihundert. So muss das sein!
Als du wieder einmal überholst, bemerkst du im Rückspiegel einen getunten BMW, der dir zu folgen scheint. Eine Zivilstreife der Polizei?, überlegst du. Das Tempolimit hast du weit überschritten …
Oder ist es das Empfangskomitee der Täter – hat jemand Wind von deiner geheimen Mission bekommen?

Wenn du noch mehr Gas gibst,
lies weiter auf Seite **41**

Wenn du langsamer fährst,
lies weiter auf Seite **91**

„Niemand wird erfahren, dass ich den Code von dir habe", versucht Nightmare dich zu beruhigen.
Zitternd gibst du den zwölfstelligen Code ein. Als du fertig bist, rammt Nightmare dir eine Spritze in den Arm. Nach ein paar Sekunden schläfst du tief und fest.
Stunden später wirst du vor dem Tor von K.R.Y.P.T. unsanft von den Wachen geweckt.
Dann erfährst du, dass ein feindlicher Spion in euer Rechenzentrum eingedrungen ist und alle Agenten von K.R.Y.P.T. enttarnt hat. Die Liste der Namen kursiert im Internet. Als Agenten seid ihr alle erledigt!
Natürlich stellt man dir eine Menge unangenehmer Fragen – zum Beispiel, wieso du plötzlich schlafend vor dem Tor lagst. Du kannst dich rausreden und niemand erfährt von deinem Verrat. Einen neuen Job musst du dir trotzdem suchen. Denn auch dein Name steht auf der Liste, die von Nightmare veröffentlicht wurde.

Ende

Plötzlich ist Motorenlärm zu hören. Schon braust ein luxuriöser Geländewagen über den matschigen Waldweg heran. Begleitet wird er von einer Eskorte von Motorradfahrern.
„Oh, das ist General Schultz, wenn mich nicht alles täuscht. Der Chef unseres Geheimdienstes!", ruft Willcott.
Das kannst du kaum glauben. „Wieso kommt er nicht mit dem Hubschrauber?"
Willcott grinst. „Weil er Flugangst hat. Der General reist immer per Bahn oder Auto. Ich frage mich, was er bei uns will. Vielleicht ist das so eine Art ..."
Weiter kommt er nicht, denn mit einem Mal fallen Schüsse.

**Wenn du in Deckung gehst,
lies weiter auf Seite** 52

**Wenn du zurückschießt,
lies weiter auf Seite** 31

So etwas bringt dich auf die Palme. Ohne groß nachzudenken, ballerst du dein Magazin leer.
Leer?
Ziemlich doof von dir, denn keine deiner Kugeln fand den Weg ins Ziel.
Bis du das Magazin gewechselt hast, ist es zu spät. Der Täter ist sparsamer mit seiner Munition umgegangen und hat noch eine Patrone für dich …

Ende

Du gehst zum Fenster und Li Zhu folgt dir. Du zögerst einen Moment – wohin jetzt?

„Beeil dich!“, zischt Li Zhu dir zu.

Katzengleich springt sie auf den gerade mal zwanzig Zentimeter breiten Ziersims, der an der Fassade des Wolkenkratzers entlangläuft. Den Körper dicht an die Wand gepresst, schiebt sie sich langsam vorwärts.

Oh Gott!, denkst du nur, aber dann machst du es ihr nach.

Verkehrslärm dröhnt zu dir hoch. Jetzt erfasst dich eine Böe. Du beginnst zu kippeln und verlierst fast das Gleichgewicht. Mit rasendem Herzen zwingst du dich, Meter für Meter über den Sims zu balancieren.

Dann hörst du aufgeregte Stimmen. Ein Blick zurück zum Fenster – verdammt, die anderen Gangster!

„Kommt zurück oder wir schießen!“, schreit einer von ihnen.

„Niemals“, sagt Li Zhu. „Dann springe ich lieber.“

Weit unten siehst du das feuerrote Dach einer Markise …

Wenn du springst,
lies weiter auf Seite **64**

Wenn du den Tätern gehorchst,
lies weiter auf Seite **69**

In der Millionenstadt Shanghai beziehst du eine Suite in einem Wolkenkratzer. Von hier aus hast du eine sensationelle Sicht auf den Huangpu-Fluss mit seiner eleganten Uferpromenade, das 492 Meter hohe Shanghai World Financial Center und den direkt daneben stehenden Jin Mao Tower, der 421 Meter hoch ist.
Jetzt gleich hast du einen Termin mit Li Zhu, deiner Kontaktagentin vor Ort. Sie soll dich genauer instruieren.
Es klopft. Du gehst zur Tür und schaust durch den Spion. Eine junge Frau mit asiatischen Gesichtszügen. Das muss Li Zhu sein. Doch irgendetwas irritiert dich. Sind es die Augen dieser Frau? Hat sie Angst? Stimmt irgendetwas nicht?
Wieder wird geklopft.
Du greifst in dein Sakko und ziehst die Pistole.

Wenn du die Tür öffnest,
lies weiter auf Seite **79**

Wenn du das nicht tust,
lies weiter auf Seite **27**

100

Du hast einen riskanten Plan geschmiedet. Zunächst besorgst du dir über dunkle Kanäle gut gemachtes Falschgeld. Zehn Millionen, täuschend echt.

Die Blüten stopfst du in die schwarze Sporttasche – jedoch auch eine äußerst kleine, aber hochexplosive Sprengladung mit einem Zünder, den du ferngesteuert aktivieren kannst.

Zum vereinbarten Zeitpunkt bist du am 135 Meter hohen London Eye.

Schon bekommst du einen Anruf.

„Mach die Tasche auf, ich will den Inhalt sehen."

Du gehorchst.

Da surrt eine Drohne heran und filmt das Geld.

„Gut", hörst du den Erpresser sagen. „Lass die Tasche stehen und hau ab."

Erneut machst du das, was man dir sagt.

Du verbirgst dich hinter einem geparkten Auto und siehst, wie sich eine Gestalt die Tasche schnappt und damit wegläuft. Doch sie kommt nicht weit. Mit einem diabolischen Grinsen zündest du die Sprengladung, die den Täter in eine sehr klebrige Farbwolke hüllt. Gleichzeitig fliegen ihm die falschen Geldscheine um die Ohren und bleiben an ihm haften. Du sprintest aus deinem Versteck und kannst den Mistkerl mühelos überwältigen.

Ende

Du gibst dich als Kunde aus und mietest das Auto, in dem Professor Droste entführt wurde.
Dann lässt du dir ein wenig Paris zeigen und verwickelst dabei den freundlichen Chauffeur in ein Gespräch. Dabei erfährst du, dass die Chauffeure immer dasselbe Auto benutzen.
Dein Puls beschleunigt sich. Das bedeutet, dass der freundliche Herr am Steuer vermutlich zu den Tätern gehört!
Du zückst deine Waffe und bringst den Kerl zum Plaudern. Tatsächlich steckt er mit den Entführern unter einer Decke. Außerdem weiß er, wo Droste gefangen gehalten wird.
„Bring mich da hin und zwar schnell", befiehlst du dem Mann.
Kurz darauf erreicht ihr eine abgelegene Villa. Am Tor lungern zwei Wächter.

Wenn du den Chauffeur zwingst, bei den Wächtern zu erreichen, dass man euch durchlässt, lies weiter auf Seite 114

Wenn du dich selbst hinters Steuer setzt und durch das Tor krachen willst, lies weiter auf Seite 116

Die Mauer stellt für einen durchtrainierten Typen wie dich kein echtes Hindernis dar. Schon bist du im Park, in dessen Mitte die schneeweiße Villa liegt.
Aber was ist das?
Drei Kampfhunde stürzen auf dich zu. Von ihren Lefzen tropft Speichel.

Wenn du versuchst zu fliehen,
lies weiter auf Seite **39**

Wenn du versuchst,
die Hunde mit der Brille auszuschalten,
lies weiter auf Seite **60**

„Tu, was du für richtig hältst“, sagst du zu deinem Freund. „Ich werte erst einmal die Aufnahmen aus.“
Dann schaust du dir die Videobotschaft an einem PC noch einmal in Zeitlupe und in mehrfacher Vergrößerung an.
Da erhältst du einen Anruf.
„Ja?“, meldest du dich.
„Hallo, hier ist Nightmare ...“
Dir wird eiskalt. Woher hat der Typ deine Nummer?
„Wir hatten gerade schon einmal das Vergnügen“, fährt der unheimliche Anrufer fort. „Wir können alles hacken – auch dein lächerliches Handy, mit dem du gerade gefilmt hast, du Narr.“
Du beginnst zu zittern.
„Ich habe mich bei dir eingeloggt und lösche die Aufnahme.“
Du beendest das Gespräch und kontrollierst den Chip des Handys. Oh mein Gott, die Aufnahme ist tatsächlich gelöscht worden – auch auf dem PC!
Plötzlich leuchtet die widerliche Fratze auf dem Display deines Smartphones auf.
„Hallo, hier bin ich wieder. Wenn du nicht möchtest, dass ich dein klägliches Scheitern Luc Beston mitteile, wirst du mir einen Gefallen tun ...“

**Wenn du dich darauf einlässt,
lies weiter auf Seite** 53

**Wenn du dich weigerst,
lies weiter auf Seite** 8

„Ja, danke, aber wir sind doch bereits unterwegs", sagt der Polizist.

„Ach, wirklich?", staunst du.

„Natürlich, es hat gerade schon jemand angerufen."

Dir wird schlecht. Wie bitte? Hat man dir etwa eine Falle gestellt?

Egal, was geschehen ist, du musst hier schleunigst weg!

Du besorgst dir einen Stuhl und stellst ihn unter das Fenster. Endlich bist du wieder auf dem Dach. Von dort aus siehst du, wie mehrere Polizeiwagen heranrasen.

In Windeseile kletterst du an der Regenrinne hinab. Doch du bist zu langsam. Noch im Garten der Villa nimmt man dich fest. Du beteuerst, ein Agent zu sein, der die Bande auffliegen lassen wollte. Doch niemand glaubt dir, zumal von der Bande weit und breit nichts zu sehen ist. Paola, Francesco und die anderen sind längst verschwunden.

Während du im Gefängnis schmorst, wird dir klar, dass die schlaue Paola dich irgendwie durchschaut haben muss. Jetzt hat sie dich aus dem Weg geräumt.

Ende

Wer weiß, was dich da unten erwartet …
Also machst du oben weiter, gelangst zu verrosteten Maschinen und Containern, leeren Büros und einem schmuddeligen Aufenthaltsraum.
Plötzlich taucht neben dir ein zweiter Lichtstrahl auf.
Du fährst herum. Das Licht einer Taschenlampe! Und da noch eins, und noch eins und noch eins!
Das Licht scheint dir ins Gesicht und blendet dich.
„Was hast du hier verloren?", hörst du Paolas Stimme.
„Du bist gar nicht der, als der du dich ausgegeben hast, oder?" Das war die Stimme von Francesco.
„Äh, nein … ich meine, doch …", stammelst du. Dein Herz rast. Das Licht deiner eigenen Lampe muss dich verraten haben!
Du wendest dich zur Flucht und schubst einen der jungen Täter beiseite. Schon sprintest du auf das kaputte Fenster zu. Da kracht ein Schuss und alles wird dunkel.

Ende

Rasch beginnst du, mit deinem Handy zu filmen.
„Ihr haltet euch für die Größten", sagt die Fratze. „Aber ihr seid Nieten. Wie ihr seht, können wir jederzeit das Kommando über euer Netzwerk übernehmen."
Ein böses, heiseres Lachen ertönt. „Unsere Organisation heißt Nightmare, was so viel wie Albtraum bedeutet. Wir sind immer da, ob ihr wollt oder nicht, und verbreiten Angst. Ihr könnt uns loswerden, wenn ihr wieder ruhig schlafen wollt. Ohne uns, ohne Albträume. Das kostet nur zehn Millionen Dollar. Überlegt es euch gut. In einer Stunde melden wir uns wieder."
Dr. Seeber sackt förmlich in sich zusammen. „Das gibt es doch gar nicht", stammelt er. „Ich muss sofort unsere Regierung informieren. Sie muss die Summe bezahlen!"

Wenn du auch dieser Meinung bist,
lies weiter auf Seite **32**

Wenn du lieber die Aufnahmen auswertest,
lies weiter auf Seite **104**

Später stehst du mit deinem Freund Leon in Bestons Büro.
„Wir wissen nicht, wer dieser Mann oder diese Frau ist, die uns alle zerstören will“, sagt euer Ausbilder leise und drohend. „Aber wir wissen eins: Wir werden ihn oder sie kriegen.“
„Wie lautet unsere Aufgabe, was sollen wir tun?“, fragst du.
In diesem Moment klingelt das Telefon. Beston nimmt das Gespräch an und lauscht konzentriert.
„Verdammter Mist!“, sagt er, nachdem er das Telefonat beendet hat. „Mir wurden soeben verdächtige Aktionen im Sektor C am Zaun gemeldet. Ein Team geht sofort raus. Wollen Sie mit oder wollen Sie sich lieber um unser PC-System kümmern? Eine fremde Macht hat heute Nacht versucht, es lahmzulegen. Dann wären wir mit einem Mal blind und taub.“

**Wenn du zum Sektor C willst,
lies weiter auf Seite 110**

**Wenn du dich lieber
um das PC-Netz kümmerst,
lies weiter auf Seite 13**

Nach einigem Suchen findet ihr die Kabine des Kapitäns. Natürlich ist sie verschlossen, aber das stellt für euch kein Hindernis dar.
Mühelos knackst du das Schloss, und schon steht ihr im Reich des Kapitäns. Es ist penibel aufgeräumt. Das ändert sich, als ihr den Raum durchwühlt.
Schließlich hältst du einen silbernen Aktenkoffer in den Händen, der mit einem Zahlenschloss gesichert ist.
„Mach ihn auf", bittet Li Zhu.

Wenn du das Schloss mit deiner Pistole aufschießt, lies weiter auf Seite 117

Wenn du lieber auf die Rückkehr des Kapitäns wartest, um ihn zu zwingen, den Koffer zu öffnen, lies weiter auf Seite 48

Kurz darauf bist du mit Leon im Sektor C. Einige erfahrene Agenten sind bereits vor Ort.
„Trampelt nicht am Tatort rum, ihr Anfänger!“, werdet ihr von einem jungen Mann namens Willcott angeschnauzt.
„Wir wurden hierher abkommandiert, um Ihr Team zu unterstützen“, erklärst du ruhig. „Was können wir tun?“
Willcott verdreht die Augen. „Also gut. Jemand hat versucht, den Zaun aufzuschneiden. Das haben unsere Kameras aufgezeichnet.“
„Wie viele Täter?“, fragst du.
„Zwei. Beide vermummt. Etwa 1,80 bis 1,90 Meter groß. Dunkle Kleidung, Kampfstiefel.“
„Profil?“
„Keins, glatte Sohlen. Also keine Anfänger. Beim Berühren des Zauns lösten sie den Alarm aus. Als wir anrückten, flohen sie“, berichtet Willcott.
Du nickst. „In welche Richtung?“
„Süden. Aber da haben wir bereits alles abgegrast. Andererseits: Bevor ihr hier rumsteht, könnt ihr dieser Spur nachgehen.“

**Wenn du mit Leon die Spur untersuchst,
lies weiter auf Seite** 17

**Wenn du am Zaun bleibst,
weil du das Gefühl hast,
dass man euch nur loswerden will,
lies weiter auf Seite** 96

Kurz darauf biegt der Wagen in eine einsame schnurgerade Landstraße ein.
Du beschleunigst stark, holst auf, ziehst die Pistole und greifst an. Gezielt ballerst du auf die Reifen. Die dritte Kugel sitzt, der gepanzerte Kleintransporter gerät ins Schlingern und kommt von der Fahrbahn ab. Jetzt brettert der Wagen über einen Acker. Dreck spritzt auf.
Auf der Motocross-Maschine kannst du ihm mühelos folgen. Doch nun wird das Feuer erwidert. Ausgerechnet Leon hat sich aus dem Fenster gelehnt und beschießt dich mit einer Maschinenpistole. Du fährst zickzack, kannst der Salve ausweichen. Erneut schießt du und triffst Leon an der Hand. Er schreit auf und lässt die Waffe fallen.
Ja!, freust du dich und zerstörst den anderen Hinterreifen. Jetzt verliert der Fahrer endgültig die Kontrolle über den Wagen und kracht in einen Graben. Die Karre kippt um. Dabei werden die Täter aus dem Auto geschleudert. Du brauchst sie nur einzusammeln und zu fesseln. Dann rufst du die Zentrale an.
Man feiert dich. Du bist der Held!

Ende

Voller Panik reißt du die Tür auf und springst hinaus.
112 Keine gute Idee, denn der Zug fährt gerade über eine hohe Brücke.

Du krachst erst auf ein Geländer, dann fällst du in die Tiefe.

Du weißt: Das ist das

Ende

Um Punkt 20 Uhr bist du in der Flamingo-Bar. Minutenlang geschieht nichts und du fürchtest schon, dass Nightmare nicht auftaucht.
Dann tippt dir jemand auf die Schulter und du drehst dich um.
Ein etwa fünfzigjähriger Mann mit Brille und grauen Haaren lächelt dich an. Der Typ sieht aus wie ein netter Lehrer und nicht wie ein gefährlicher Hacker und Erpresser.
„Guten Abend", sagt er. „Haben Sie den Code?"
„Natürlich, lassen Sie uns rausgehen."
Plötzlich spürst du etwas Hartes in deiner Seite.
„Das ist der Lauf meiner Pistole", sagt Nightmare. „Sie ist unter meiner Jacke verborgen. Kommen Sie also nicht auf dumme Ideen. Und gehen Sie schön langsam vor."
Mist, so war das nicht geplant!
Der Erpresser lotst dich zu einem Auto. Du musst auf den Beifahrersitz, er setzt sich hinter dich und bedroht dich weiter mit der Waffe. Dann befiehlt er dir, einen Laptop hochzufahren.
„Jetzt geben Sie den Code ein. Nur so weiß ich, dass Sie mir keinen Quatsch erzählen", zischt Nightmare.
Oh Gott!, denkst du. Wenn dieser gefährliche Hacker im System von K.R.Y.P.T. ist, wird er eure ganze Organisation auffliegen lassen …

**Wenn du den Code eingibst,
lies weiter auf Seite** **95**

**Wenn du versuchst, Nightmare zu überlisten,
lies weiter auf Seite** **18**

Der Chauffeur macht seine Sache gut. Er erzählt, dass du ein Unterhändler bist, der die Bedingungen für die Freilassung des Professors und die Übergabe der Formel für den Superkraftstoff aushandeln soll.

Dann stehst du dem Boss der Entführer gegenüber. „Ich will mich erst davon überzeugen, dass Professor Droste lebt", verlangst du.

Man führt dich in ein Labor – und dort sitzt Droste an einem Tisch mit Reagenzgläsern, Bunsenbrenner und Chemikalien.

„Wie ich sehe, behandelt man Sie gut", begrüßt du ihn.

„Natürlich, warum auch nicht?", erwidert Droste freundlich.

„Weil es Ihre Entführer sind."

Da lächelt der Professor. „Aber nein. Ich bin hier zu Gast."

„Wie? Ich verstehe nicht …", sagst du irritiert.

„Niemand hat mich entführt. Ich bin freiwillig hier", erklärt er dir. „Das Lösegeld teilen wir uns. So bekomme ich zehn Millionen für die Formel meines Superkraftstoffs. Das ist mehr, als ich mir zu erträumen wagte."

Dann zieht er eine Pistole aus seinem Kittel und nimmt dir deine Waffen ab. Immer noch lächelnd treibt er dich in einen Keller, der ab jetzt dein Zuhause ist. Für immer.

Ende

„Raus mit dir!“, schnauzt du den Chauffeur an und er gehorcht.
Dann nimmst du hinter dem Steuer Platz und gibst Vollgas.
Mit durchdrehenden Reifen rast der schwere Wagen auf das Tor zu. Die Wächter ziehen ihre Knarren und beschießen dich. Aber du hast dich tief in den Sitz rutschen lassen und ihre Kugeln verfehlen dich.
Mit großer Wucht kracht die Limousine gegen das schmiedeeiserne Tor und bricht es auf.
Super!
Doch durch den Aufprall werden die Airbags aktiviert – und plötzlich bist du von ballonähnlichen Kissen umgeben, die dir nicht nur die Sicht nehmen, sondern dich auch nahezu bewegungsunfähig machen.
Das ist nicht ganz so super …
Die lachenden Gangster haben nun leichtes Spiel mit dir.

Ende

Das haben wir gleich, denkst du und schraubst den Schalldämpfer auf den Lauf deiner Knarre. Dann feuerst du auf das eine der beiden Schlösser.
Ein verhängnisvoller Fehler, denn der Koffer ist mit einem Selbstzerstörungsmechanismus gegen unbefugtes Öffnen geschützt.
Das Letzte, was du siehst, ist die grelle Stichflamme einer Explosion.

Ende

Die Tür ist nicht verschlossen.
„Guten Tag“, werdet ihr begrüßt.
Deine Augen werden groß. Im Wagen sitzen zwei Typen mit Maschinenpistolen, die auf euch gerichtet sind.
„Einsteigen! Hopp, hopp!“, wird Leon angeblafft. Die Kerle zerren ihn ins Wageninnere.
Die Täter nehmen dir die Waffen ab und fesseln dich an einen Baum.
„Wir brauchen nur einen von euch beiden Stümpern. Mach's gut!“ Lachend brausen sie mit Leon davon.
Eine Stunde später wirst du zufällig gefunden und befreit. Was für eine Schmach!
Und Leon? Der wird gegen ein hohes Lösegeld freigelassen.
Weil ihr euch beide wie Anfänger verhalten habt, ist eure Agentenzeit vorüber.

Ende

Leseprobe aus dem
Ravensburger Taschenbuch 52549
„Das Handy der 1000 Gefahren“
von Fabian Lenk

Endlich Sommerferien! Du bist in deiner Stadt und warst gerade mit deinen Eltern shoppen.
Du musst grinsen. Mit dir Klamotten zu kaufen, ist für deine Mom und deinen Dad immer der reinste Stress. Denn du bist verdammt wählerisch. Deine Eltern wären nach dem elften Geschäft fast durchgedreht.
Tja, aber im zwölften Laden wurdest du dann doch fündig. Und jetzt trägst du eine lässige Jeans und ein cooles T-Shirt. Deine völlig erschöpften Erziehungsberechtigten hast du in einem Restaurant gelassen und willst jetzt nach Hause, um eine Runde Computer zu spielen. Da bekommst du eine SMS. Du zückst dein geliebtes Handy und liest die neue Nachricht. Sie ist von deinem Freund Luca.

Sehen wir uns nachher im Freibad?
Lara und Janine kommen auch.

Freibad? Klingt nicht schlecht. Andererseits ist das Wetter nicht überragend: Es ist leicht bewölkt und es herrschen gerade mal schlappe zwanzig Grad.

**Wenn du ins Freibad gehst,
lies weiter auf Seite** 114

**Wenn du absagst,
weil du lieber Computer spielen willst,
lies weiter auf Seite** 10

8

Langsam gehst du auf das andere Auto zu. Hoffentlich bekommst du jetzt die versprochenen fünfhundert Euro!
Die Türen des Wagens schwingen auf und zwei Männer steigen aus. Trotz der Dunkelheit tragen sie Sonnenbrillen.
Dir ist mulmig zumute und deine Stimme zittert, als du fragst: „Kriege ich nun das Geld?"
„Nein, denn du hast versagt", knurrt der kleinere der beiden Gangster. „Du hast uns fast die Polizei auf den Hals gehetzt und den Porsche zu Schrott gefahren."
„Der hat doch nur ein paar Kratzer", erwiderst du, obwohl du weißt, dass das maßlos untertrieben ist.
Die Antwort ist ein heiseres Lachen. „Du bist vielleicht ein Komiker! Für den Schaden, den du angerichtet hast, wirst du weiterhin Drogen transportieren – mindestens ein Jahr lang!"
Drogen? Du hast Drogen transportiert? Panik steigt in dir auf.
„Niemals!", rufst du, drehst dich um und rennst weg.
Da zieht einer der beiden eine Pistole und drückt ab. Leider ist er ein sehr guter Schütze …

Ende

Du krabbelst zum Haus, springst auf und saust um die Ecke. Nun gelangst du in eine schmuddelige Gasse, von der weitere Straßen abzweigen: Ein wahres Labyrinth tut sich vor dir auf. Hier kannst du den Gangster schließlich abschütteln.
Völlig außer Atem stoppst du und alarmierst die Polizei wegen der Entführung. Sofort wird eine Fahndung eingeleitet.
Allmählich kommst du zur Ruhe und ordnest deine Gedanken. Warum, überlegst du, hat das Entführungsopfer dir das Handy zugeworfen? Und warum sind die Gangster so scharf darauf? Du ziehst das Handy aus der Tasche und wischst über den Bildschirm.
Keine Sperre, kein Codewort!
Ist etwas Geheimnisvolles auf dem Handy gespeichert?

Wenn du die Dateien durchsuchst, lies weiter auf Seite 88

Wenn du das Handy bei der Polizei ablieferst, lies weiter auf Seite 58

10

Also schlägst du den Heimweg ein. Du gelangst in eine etwas heruntergekommene Gegend. Wenn du die Abkürzung mitten hindurch nimmst, bist du definitiv schneller zu Hause. Euer Haus liegt in dem feinen Viertel hinter dieser miesen Ecke – an einem schönen, bewaldeten Hang.
Oder du entscheidest dich für den sicheren Umweg …
Jetzt gleitet eine schier endlos lange Limousine an dir vorbei. Vorne sitzen zwei unheimliche Typen mit Sonnenbrillen.
Als der Mann auf dem Beifahrersitz dich mustert, schaust du schnell zur Seite. Du willst keinen Ärger.

Wenn du das Viertel schnell wieder verlässt, lies weiter auf Seite 22

Wenn du dich nicht beirren lässt, lies weiter auf Seite 59

Du stoppst auf dem Standstreifen. Oje, das wird mächtig Ärger geben …
Zwei Polizisten wollen deinen Ausweis, deinen Führerschein und die Fahrzeugpapiere sehen. Mit einem Ausweis kannst du dienen, aber natürlich nicht mit einem Führerschein.
„Hast du das Auto gestohlen?“, fragt dich einer der Beamten.
„Äh … nein“, sagst du wahrheitsgemäß.
Die Polizisten glauben dir kein Wort und nehmen dich mit auf die Wache. Der schöne Porsche wird abgeschleppt. Die Beamten wollen den rechtmäßigen Besitzer ermitteln.
Auf dem Revier packst du aus und berichtest von den mysteriösen Aufträgen per SMS. Schließlich nimmt man dir die Story ab.
Der Absender der Nachrichten wird ermittelt. Es handelt sich um einen Drogendealer, der in dem gestohlenen Porsche mehrere Kilo Kokain versteckt hatte. Du solltest seinen Kurier spielen.
Der Mann wird verhaftet. Und du? Du kommst um eine Jugendstrafe gerade noch so herum.

Ende

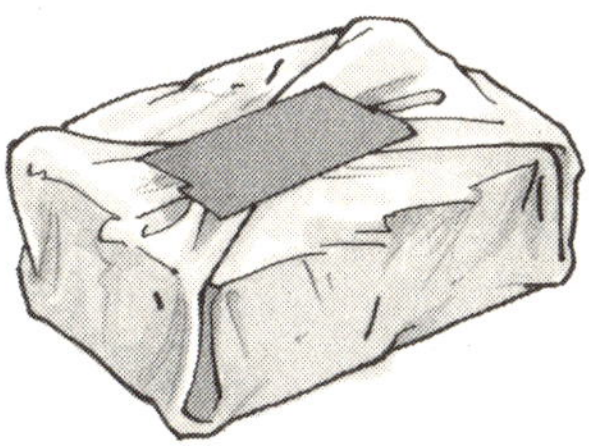

Eine Stunde später bist du bei Lara. „Es handelt sich um einen Mystery-Night-Cache, eine besonders spannende Variante des Geocachings", erklärt sie dir. „Wir werden in kleinen Teams bestimmte Ziele im freien Gelände oder in der Stadt suchen. Finden wir ein Ziel, erhalten wir einen Hinweis auf das nächste und so weiter. Am Ende wartet eine Belohnung auf das schnellste Team – jeder aus dieser Mannschaft erhält ein nagelneues Smartphone."

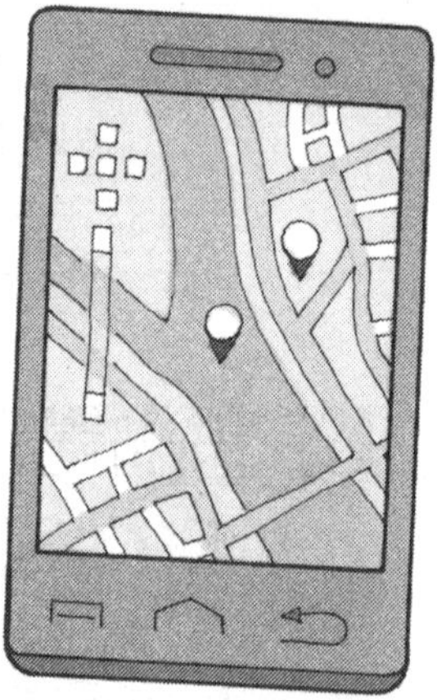

„Also ist das eine Art Schnitzeljagd", sagst du.
Lara lacht. „Richtig, aber viel moderner. Als Erstes müssen wir die neueste Software für den Mystery-Night-Cache runterladen. Ohne die Software erhalten wir keine Koordinaten und können die Ziele nicht finden. Sie kostet hundert Euro."
Du staunst. „So viel?"
„Ja, aber die Investition könnte sich lohnen. Denn das Handy, das ich gewinnen will, ist viel mehr wert. Was ist, machst du mit?"

**Wenn du aussteigst,
lies weiter auf Seite** **100**

**Wenn du mitmachst,
lies weiter auf Seite** **20**